First Love

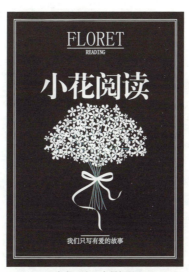

FLORET
READING

小花阅读

我们只写有爱的故事

青春阅读　幸得相见

有爱的青春陪伴者

First Love

初恋驾到么么哒

三师公
和二缺 著

上海故事会文化传媒有限公司
上海文化出版社

三师公和二缺

San Shi Gong He Er Que

小 花 阅 读 签 约 作 者

梦想能拥有一个属于自己的小院子，养花赏月。

喜欢生活化的烟火气，

也悸动于惊涛骇浪的家国情。

喜欢自己笔下的每一个角色，

美好结局的绝对簇拥者。

新浪微博：@啊缺五元

ZUOZHEJIANJIE

目 录
Contents

目 录
Contents

"自杀的权利是斯多亚派哲学的信条之一，凡因爱国、慈善、贫穷、痼疾、衰老，皆可自杀。"

——马可·奥勒留

　　赵知著觉得，憋屎痛到想自行了断大概也算是权利之一了吧。

　　长深高速上，一辆有些年头的城际大巴匀速驶过。在满车打瞌睡、聊天、吃零食、玩手机的乘客里，有一位姑娘格格不入。

　　她从上车开始就主动隔绝了车上所有的声音，一路上只读着一本名为《沉思录》的哲学书。她穿的是最简单的牛仔长裤配白 T 恤，头发松松地在脑后系成马尾，露出延伸到脸侧的耳机线。

　　隔壁那位洗剪吹的小伙子已经偷偷往这边瞄了好多眼了，支着刷短视频的手机边抖腿边欲盖弥彰——这妹子比手机里那些十八线小网红长得好看多了，就是看起来不太好说话的样子。

　　唉，可惜了。

　　赵知著捏着她的《沉思录》，从二十分钟之前开始就没有翻过一页。她无比后悔中途在服务区停车的时候没有下去，而此刻距离终点站还有半小时。

虽然表情管理很优秀，但是《沉思录》被捏到扭曲的封面依然出卖了她。

　　她，真的好想上厕所啊！

　　多年以后这依然是赵知著最不想回忆起来的一天。她顶着八月底的烈日狂奔下车，又从推着大包小包的行李的人群里挤进挤出，最后直奔年久失修的车站公厕。

　　疲惫，弱小，又无助。

　　"去滨江花园。"赵知著皱着眉头坐进出租车内，让司机给她把行李放进后备厢。

　　十几秒过后，司机却还没有上来，她把车窗摇开，探出头去问："怎么还不开车？"

　　"妹妹等一下嘛，我再拉两个顺路的人。"司机眯起眼睛喵了喵烟屁股。

　　龙溪长途汽运站门口鱼龙混杂，举着各色拼车、住宿牌子的路人在本就狭窄的出口堵来堵去。

　　赵知著好不容易在拥挤的人群中杀出一条血路，冲上了出租车，却没想到还是得不到解脱。

　　"我不拼车。"赵知著面无表情道，"现在就走。"

　　"唉，这个，那我……"那司机摆明了不情愿，老油子似的嬉皮笑脸，"那等我把烟抽完再走好吧，哈哈哈！"

　　"叔，你这样不好吧。别欺负人家刚来的小姑娘啊。"

　　旁边忽然传来一个男孩的声音，懒洋洋的语调，一听就是在本地混迹多年才有的底气。可他字正腔圆的发音，又不太像是本地人。

于是司机和赵知著同时朝那男生看去，那是个绝对不超过二十岁的男生，身后靠了一辆家用摩托车。银色的子弹吊坠项链晃悠在黑色T恤的胸口，他的头发有点长，在脑袋后扎了个小鬏鬏。

那司机上下一打量，立马把他当成抢生意的了，凶巴巴地喊道："你谁啊你！"

毕竟在龙溪，开出租车的还真干不过骑摩托的。

"我就是个过路的。"那男生笑了笑，"不过，这姑娘看起来可不好惹，你再不上车当心人家举报你拒载。"

突然被 cue 的赵知著：什么鬼？

司机那目光"唰"地就转到车里去了，正巧看到赵知著举着的手机，不知道是不是在拍照，他的脸瞬间黑下来。

赵知著烦躁起来，这都什么事？她当然不可能再激怒司机，只说："赶紧开车吧，我付打表的双倍价。"

果不其然，没两秒，司机就坐上了驾驶座。

最后赵知著冷眼瞥了下这不知道从哪儿冒出来的搅局男生，然后摇上车窗不再说话。

我去，还真挺凶的。

自诩好心过路人的程燃挑挑眉。

接着他迟疑了几秒，本想拍个车牌号就了事，想想又觉得可能不妥，于是只得对着微信留言："出了点事，东西晚上再给你，正好去你姐那儿理个头。"

他一边说着，一边翻身跨上了摩托，在赵知著不知道的情况下远远跟了她一路，直到她安全进小区。

车子可算是启动了。赵知著靠在椅背上无声哀叹：求求老天让我做个人吧！

可事实却是，还没等她喘口气，手机就跟中毒了似的，一阵丁零当啷来了七八条消息。

赵知著掏出手机一看，全部是赵保刚发来的：

"你到龙溪了没有？"

"燕窝和药酒要记得随身放啊。"

"你到哪儿了？"

"你到了没有？"

"给爸爸回个消息。"

……

她翻了一个带真情实感的白眼，一个字也不想回，随手对着车窗外拍了张照传过去算完事。

结果还没两秒，又是一阵夺命提示音。

赵知著忍住骂脏话的冲动打开手机，才发现她的照片发错人了，她发给了齐小佳——

"？？？"

"你被拐了吗？这是什么地方？"

"你吱个声啊宝贝，你还好吗？"

赵知著点开自己发过去的照片一看，画面里隔着马路是一排介于商场和集贸市场之间的建筑群，一眼看过去只有"脏乱差"三个字可以形容。

当然，这都不是重点，重点是建筑物的灯牌上那硕大的几个字——"天、润、发"。

行吧……

"没拐，活着呢。"赵知著给齐小佳回道。

齐小佳回得很快："那你这是在哪儿？"

"我奶奶家。"

"不是吧，你真的回老家高考啊……你爸还真做得出。"

赵知著不太想聊这个话题，发了张表情包敷衍过去。

"没有你我可怎么办啊！我语言都没过，还得过去读预科。"

"混熟了学得就快，不和你说了，我到了。"赵知著扯了个谎，不想和齐小佳继续聊下去。

接着她把手机锁上，沉默地看向车窗外，看着这个她即将度过三年的城市。

人生的变故来得太频繁，赵知著都要麻木了。幼年丧母、父亲续弦、家道中落，她全给来了一遍，这跌宕的十六年。

当然，更跌宕的是，当有人顶着炎热推着箱子感慨自己命途多舛的时候，有人正觉得自己日行一善，骄傲地骑着摩托车昂着头迎风而去。

滨江花园的房子是前几年赵保刚买的，专门挑了二楼，说是照顾老人腿脚不好，但赵知著还从来没去过。

她和爷爷奶奶的关系并不好，二老打小就嫌弃她是个女孩，没有带着长大，自然也亲近不到哪儿去。

赵知著拖着箱子爬上二楼，"咚咚咚"敲了五分钟的门也没人应，反倒是隔壁大妈探出个头来问："哟，你是老赵家亲戚吧？"

"嗯。"赵知著点点头，"孙女。"

"那你打个电话给你奶奶吧，他们老两口每天下午一个搓麻将一个钓鱼，你要等不到天黑是进不去的。"

"谢谢阿姨。"

那大妈估计日常就是个爱凑热闹聊是非的，啧啧又打量了赵知著好几眼："老赵竟然还有个这么俊的孙女……"

接着门一关，楼道里又只剩了赵知著一人。

赵知著扶着箱子犹豫了一下，还是拿起手机打了个电话——打第一通的时候没人接，又过了几分钟再打才接的，电话那端乌烟瘴气，无数吵闹的声音传过来。

"喂？谁啊？"她奶奶要么根本就没存她的手机号码，要么就是看也没看就接的电话。

"奶奶，是我。"赵知著说，"我到家门口了，爷爷也不在，我进不去。"

"哦，你到了啊。碰！"将麻将往桌上一掷，老太太中气十足，"那你自己过来拿钥匙吧，我在十九栋一楼。"

于是赵知著又重新推着箱子和大包小包下楼去，好在十九栋离得不远，十几米外就能听到那传来的麻将声、吵嚷声。

推开门，一股夹杂着烟味和体味的空调冷气扑面而来，赵知著下意识地皱了皱眉。最终，她在靠墙的一桌麻将位里找到了奶奶。

"桂英，那是你孙女来了吧！"另一个大妈正好面对着赵知著，一边摸牌一边快人快语地报幕。

她奶奶面无表情地转头看了看她，说："来了？拿钥匙去。"

赵知著接过钥匙转身就走，祖孙俩根本没什么好说的。

她转过身去之后，背后不免传来麻友们嚼舌根的声音："桂英啊，你这个孙女长得蛮好的呀。"

"再好还不是要嫁人，便宜货。"王桂英端起搪瓷茶缸啜了口茶，"哪像你有福气啊，两个儿子全都给你生了孙子！"

　　登时，牌桌上一片欢声笑语。赵知著都不用回头看也能想象出她们市井气地挤眉弄眼的样子。

　　她赶紧快速地走了出去。

　　开门进去之后，赵知著和一大堆行李一起被堵在了玄关。地上放了好些拖鞋，其中也有几双粉粉紫紫的女款，但是也许从买回来起就没刷过，不知道被多少人盘出了泥黑的脚趾印。

　　赵知著当机立断打开自己的行李箱，把自带的凉拖翻了出来。

　　这是套房型方正的三室两厅，原本的书房被堆成了杂物间，因此唯一剩下的那间客卧理所当然就是赵知著的房间了。

　　那间房挨着卫生间，一路过就是刺鼻的腥臊气味，赵知著屏住呼吸反手把门关上。房间里的床、桌子和衣柜都是十几年前打出来的木头款，据说是当年她爸妈结婚的聘礼之一。最后她妈妈也没要，就一直留在了赵保刚老家。

　　收拾收拾时间就过去了，快六点的时候，终于迎来了开门声。

　　"啐，今天手气差，让蔡婆子赚笑了！"王桂英边开门边骂骂咧咧，手里提了点顺路买回来的菜。

　　没过几分钟，她爷爷也钓鱼回来了，桶里有那么两条小鲫鱼，就算是晚餐。

　　"爷爷，奶奶，你们回来了。"赵知著出门打了个招呼。

　　王桂英赶着回厨房做饭，没理她，倒是她爷爷，也许是钓着鱼了高兴，乐呵呵地答道："哎呀，大孙女来了，以后就安心住在爷爷家，

/ 008 /

哈哈哈！"

赵知著尴尬地笑了笑。

接着三口人一言不发地吃晚饭，全程只有两位老人吧唧嘴的声音。意外的是，吃完后王桂英倒没有让赵知著去洗碗，大概是收拾了几十年早已经成习惯了。

"爷爷。"赵知著从房间里走出来，"我想出去一趟，买点书。"

她爷爷正瘫在沙发上等着看相亲节目，却被晚间新闻念得昏昏欲睡。

"啊？哦，好，去吧去吧。"老人还没完全清醒，支吾着回应她。

得到允准，赵知著趁着她奶奶还在厨房洗碗迅速出门，揣着手机、钥匙就走了，连包都没来得及背。

几乎是逃出去的。

出了楼道后，赵知著才发现外面天没黑透，隐隐约约的晚霞混着远处初亮的霓虹，一个典型的夏天夜晚。

离开学还有几天，赵知著要去报到的龙溪一中算是当地的重点高中，据说分班后，正式上课前有个水平考试。她成绩一直挺好，但初中念的是国际中学，难免有偏差，想来想去还是应该去刷几套题熟悉一下题型和知识点。

买完书出来后，赵知著才发现这书店地理位置不错，后面是公园，门口是广场，人流量巨大——她塞着耳机才能勉强从音乐震天的广场舞大队旁边走过。

赵知著看看手机，才八点半，如果是在 S 市，大概是大家才吃完晚饭的点。这么一想，她竟然觉得有点饿，小地方的好处就是夏天在街上闲逛的人多，随处都是卖小吃的夜宵摊。

　　赵知著随便挑了一家路边的烧烤摊，也不嫌弃直接往塑料凳子上一坐，点了几盘串——她但凡哪天没吃到肉，可能晚上都无法入眠。王桂英二老节省惯了，晚饭桌上唯一的荤腥就是那两条小鲫鱼，对于赵知著来说根本过不了瘾。

　　赵知著一边坐着等烤串，一边玩手机，但肉类炙烤得吱吱冒油的香气和着喧闹的声音让人根本没办法集中注意力。

　　不过这路边摊的味道还挺让人惊喜的，应该是当天新切的肉，被原始炭火一烤，让人食指大动。S市人来人往，口味繁杂，很多食物早已没有了原汁原味可谈，倒是龙溪这样的小地方，还保留着十年如一日的手艺。

　　于是赵知著在临走前又鬼使神差地要了份烤生蚝打包带走，此时已经接近晚上十点，虽然市中心还挺热闹，但再远些的地方只怕没什么人了。

　　拎着一包生蚝和一摞书，赵知著可没那个毅力原路走回去。

　　市场门口人挤人车挤车，可滨江花园这距离不远不近，除了摩托师傅再没人愿意接送。赵知著接连被出租车拒载，只能走去那一群摩托车电瓶车停靠的地方。

　　"美女去哪儿？"

　　"城东路二十块！二十块哈！"

　　"还差一个走，市人民医院的有没有？"

　　无语，怎么一个看得过眼的都没有？

　　赵知著穿梭在车群里，清一色挺着啤酒肚、梳着油头的中年大叔抄着手靠在摩托车上，要么就是花花绿绿的洗剪吹小流氓叼着烟蹲在地上。

赵知著内心有点绝望。

没几分钟，车群都要被她走到头了，赵知著终于找到了一个还算过得去的人——一个穿着黑色T恤跨坐在摩托车上玩手机的年轻男生。

书袋子勒得手疼，赵知著急步走过去，直接把书往车座上一放，震得那男生回过头来。

这一看，绝了——这不就是今天下午那个男生嘛。

"你拉活还挺勤快的啊，白天车站晚上市场。"赵知著戏谑道，也懒得问价钱了，直接翻身坐上车，"去滨江花园南门。"

程燃愣了两秒，低头笑了笑——得，把我当成专业摩托师傅了。

被迫营业的程燃默默地把手机揣回兜里，载着这来历不明的女孩朝远处驶去。

在龙溪这样的小地方，摩托反而比小车快，在各种小巷里自如穿梭，没过多久就到了滨江花园小区门口。

赵知著拎着塑料袋子先下车，可那摞书还搭在座位上，于是程燃转过身顺手帮她提下来。

程燃没有下车，只是单脚支地，这么一转身，重心不稳，连人带车抖了几下，口袋里的手机就"啪嗒"掉了出去。

不知道掉下去的时候磕着什么键，手机直接就解锁了——"跟我一起学猫叫，一起喵喵喵喵喵……"

视频页面直接播放，戴着猫耳头饰的波霸女孩疯狂地嘟嘴。

……

场面一时有些尴尬，满屏的死亡芭比粉让程燃打了个激灵。赵知著也神情复杂，手机扫码付款后，又把自己手里打包的食品袋递过去，上下扫视了一下他，顿了顿，道："这个也给你吧，补补。"

程燃呆立原地，看了看手里的袋子——上面印着硕大的宣传语：小杨生蚝，女人的美容院，男人的加油站！

"程·被迫加油·燃"抱着手机看着不知为何锁屏前看的游戏直播，重新一开就变成了热聊直播的疑问，十分钟后重新回到了刚刚的市场门口。

"燃哥！燃哥！"秦天从远处跑过来，脚上的人字拖"啪嗒啪嗒"拍打在地，穿着皱巴巴的黄色 T 恤，活像一只可达鸭。

"你怎么才来啊，我姐都要关店了。"秦天说。

程燃翻身下来，一边把摩托车停好，一边抬起眼问："你下楼不超过二十分钟吧？"

"你怎么知道？"秦天摸摸脑袋，刚冒出来的发茬有些扎手，不是很习惯。都怪他姐辣手屠发，说好只剃一点点，却直接给他推了个干净。

所以他也不是很懂程燃为啥非要来他家店里理发。

"因为我二十分钟前就在这儿等你了。"程燃停好车，带着秦天往里走，顺手还摸了一把人家的脑袋，并且赞叹，"剃得好。"

秦天："……"

"对了，你要的非实名电话卡。"程燃掏出一把雪花一样的小卡片，塞到秦天兜里，"好好选个号玩下去吧，'奶'这么多号有什么意思。车站老板娘说了，这是最后一把，以后的全得实名制了。你悠着点啊。"

"我这不是养号卖嘛，我自己的账号从始至终就那么一个……"

秦天嘀嘀咕咕，带着程燃回了自家理发店。

虽然"缘梦发型"的彩灯还在门口转着，但店里除了秦梦已经没人了。程燃、秦天进来的时候，她正弯腰扫着地上的头发。

"梦姐。"程燃打了声招呼。

"姐……"秦天跟在后头蔫儿吧唧地叫了声。

"吃饭了没？"秦梦问。

"吃了！吃了！"秦天忙不迭点头，其实他根本没吃，但要是让他姐知道他打着游戏又忘了吃饭，就离死不远了。

"那行吧。"秦梦从收银台的抽屉里抽出一张五十块递给秦天，"给我买份炒饭去。"

"就买一份啊？"秦天问。

"那不然呢？难不成你还有个姐夫咋的？"

秦天撇着嘴走了。秦梦招呼程燃坐下，问："老样子？"

"嗯。"程燃一边应，一边摘下头上的小皮筋。

秦梦用了两分钟给他冲了个头，几剪子下去后就直接上电推。等到秦天拎着饭回来，程燃就已经是一个干净的寸头了。

我姐不愧是我姐，寸头小公主不是白叫的。秦天感慨。

付完钱后程燃要走，秦天踩着人字拖追出来："燃哥！水平考试那天我给你占位，记得坐我旁边啊！"

程燃比了个"OK"的手势，没转过来说话，翻身上车。

秦天又说："还有，那个……你不是不爱吃生蚝吗？你买生蚝干啥？"他边说边吞口水。

"这个啊。"程燃低头戳了戳袋子，笑了下，"这是我赚的车费。"接着根本没给秦天留答话的机会，直接油门一踩拜拜了。

程燃回到家是晚上十点半，对于龙溪这样的小城来说已是深夜。灯一开，空无一人的家里，东西和他离开前不会有丝毫变化。

　　不过这么多年他早就习惯了。

　　程燃没太所谓地把衣服一脱，光着身子走进浴室洗澡，洗完后又光着走回卧室。

　　这里是地质勘察大队的宿舍楼，十家有九家是空的，一个项目在外进行几年，几年不回家的多的是，尤其是像他爸妈这样的夫妻档。

　　程燃家上下左右，全都空了。于是他才能这么坦荡荡地不穿衣服走来走去——这大概是一个人住的好处之一。

　　程燃穿着裤衩站在穿衣镜前摆 pose，自问自己的身材还挺在线，于是满意地甩甩头发上的水，又转到了厨房。

　　补补就补补吧，反正也饿了。

　　程燃把生蚝放进微波炉。

　　十分钟后，他打了个嗝，觉得这波不亏，连带着对送生蚝的那个女孩也多了几分好感。

　　赵知著还在挑灯夜读，七门课才刷完三门，后天就要开考。她捂着越来越虚空的肚子，无比想念自己送出去的生蚝，最终还是决定以睡眠战胜饥饿。

　　面对这样一个完全陌生的房间，赵知著本以为自己无法入睡。她开着小灯，耳机里的歌也已经开始第二轮。可不知怎的，她就这么睡了过去。

　　有老人的家庭一贯起得早，以前和外婆一起住的时候就是如此。

外面刚传来乒乒乓乓的动静，赵知著就醒了，她挣扎着爬起来。

客卧没有空调，小电扇吹了一夜还是汗流浃背，濡湿了头发和睡衣，浑身黏黏腻腻的。赵知著皱着眉按了按被耳机压出来的红印，起床随手扎着头发出了房门。

"起了？"王桂英站在饭厅里烧开水，截住要去卫生间的赵知著，"洗完脸下去买早点，我跟你爷爷吃完了好去菜市场。"

"好。"

等她洗漱完再出来时，二老还在阳台上做操，伸胳膊蹬腿的，还挺像那么回事儿。

在这个小区里，赵知著真的一点包袱都没有，直接穿着睡衣就下楼了。这么大清早，除了大妈大爷就是赶去补课的小孩，她混在早点店排队的人群中毫无违和感。

她拎着从家里带来的保温桶买了点豆浆，又提了几袋包子油条，竟也花了十几块。

吃饭的时候王桂英绝口没提给钱的事，赵知著也懒得问，就随她去了。

吃过饭后，二老溜达去了菜市场，赵知著赶紧抽空去冲澡。家里头热得不行，除了主卧，其他地方都只有风扇。好不容易憋到他们买菜回来，赵知著打声招呼就要开溜："爷爷奶奶，明天开学，我今天先去熟悉熟悉学校，中午就不回来吃饭了。"

说完，她背着书包就走了。

但其实今天学校根本就没开门。

赵知著跑去了最近的一家 KFC，挑了一个空调底下的单人座位开始学习。九点之后，人逐渐多了起来，但她戴着降噪耳机也还好。

另一边，程燃整个人封印在柔软的薄被里，运作了一整夜的空调嗡嗡作响。他一觉睡到自然醒，陡然睁开双眼时，回想起昨晚的梦境——他竟然……梦见……昨天那个送他生蚝的女孩，戴着猫耳朵，对他"喵"了一整夜？

面对这个事实，程燃起码冷静了十来分钟才翻身下床。然而等他起床之后，却发现还有更刺激的——半小时后，泡在水池里的床单和垃圾桶里的生蚝包装袋遥遥相望——小杨生蚝，女人的美容院，男人的加油站。

"嘶——"程燃尴尬地吸了一口气。

这个油，好像加得有点多了。

在龙溪，最远的两个地方开车也不超过两小时。格子似的楼房像是一副还未开局的棋盘，可有些人生就已经开始莫名其妙地蛛丝相连。

同样的时间在夏日的空调出风口里流淌而去，赵知著敲着笔头，学到忘我，而程燃坐在小板凳上洗床单洗得腰酸背痛。

氟氯溴碘负一价，程燃正在洗床单。

两湖两广两河山，程燃正在洗床单。

汽化蒸发又沸腾，程燃正在洗床单。

东风不与周郎便，程燃还在洗床单。

第一章 first love

梁子

九月一日，校门还没开，墙外就层层叠叠围了一堆人。想也不用想，那铁定都是高一的，新鲜小菜鸡们三五成群拥在一起聊天打闹。

　　赵知著也到得早，但她没认识的人，只能站在墙根阴影处玩手机，与世隔绝，生人勿近。

　　七点半一到，电子推拉门缓缓打开，新生们一拥而入。只有赵知著跟在丧眉耷眼的老生后头晃悠进学校，除了没穿校服，毫无违和感。至于分班名单什么的，也压根不用去看，她在哪个班早在一开始就被赵保刚给安排好了。

　　穿过连廊右拐，二楼左手边，就是高一一班。赵知著到的时候已经有好些人都坐下了，还没正式上课之前估计都是自己随意坐。

　　赵知著估摸了一下东南西北，确定太阳不会大面积照进来之后坐在了靠窗的那一列座位中间。

　　不过靠窗的座位在考试时一向抢手，赵知著坐下后没多久人也陆陆续续来齐了。几十个座位瞬间被填得满满的，尤其是她这一列。

　　只有她后头的那个座位，看起来似乎是被更后面的那个男生给占了，但凡有人过来都被他给赶走。

　　这什么？给朋友占座吗？

　　教室里正闹腾着呢，门口进来一个人，看起来好像和他们差不多大。

来者一头短发，还蹬着一双黑色马丁靴，笑眼弯弯人畜无害的。可她穿的是露肩衬衫裙，妆容精致，还背着一只金光闪闪的小方包，最重要的是，人家手里拿了一大包牛皮色的文件袋。

接着，她走上了讲台。

"高一一班，没有走错的吧？"她笑眯眯地问。

"这是二班，老师你走错了吧！"不知道是哪个角落里传出来的声音，看热闹不嫌事大。

"哟，看出来我是老师了？"她接梗也接得快，"介绍一下啊，我叫韩娜，是你们的英语老师兼班主任。以后上课时一律叫我 Miss Han。"

说着，她看了看座位："怎么还有两个人没来？"

闻言，大家一起回过头去看，果然还空着两个位置呢——一个在正中间的讲台下，另一个就在赵知著的后面。

门口传来一声"报告"。

大家又看过去。

是个个子挺高的男生，手揣在兜里，什么都没带，嘴里还嘬着瓶 AD 钙奶。

你要说他跩嘛，但他那表情又无比端正乖巧，还留了个老师最爱的寸头，看起来就是那种学习不咋样的体育小子。

"进来吧。"韩娜说。

"燃哥，这儿！这儿！"秦天压低声音朝程燃投去炽热的目光，激动得不行。

程燃于是低着头往那边走去，坐在了赵知著身后。

又过了两分钟，最后一个女孩到了，没挑没拣地坐在了讲台正下方。

"好了，人都到齐。跟大家说一下，一中开学第一天向来是考试，你们是入学考试，高二高三是摸底考试。只不过他们考两天，你们考一天。"

"耶！"

韩娜话音刚落，底下就叽叽喳喳开始庆幸不已。

"安静！下面我说一下具体的考试安排。早上八点半到十一点考语文，考完就能去吃饭了；中午一点到四点，三个小时考文理科综合，六门合在一起。"

"啊？这么多？三小时六门谁写得完啊……"

"就是……答案放面前抄也抄不完啊……"

韩娜拍了两下讲台："题量老师已经做过调整，既然考三个小时，那就说明你们能写完。考完综合休息二十分钟考数学，时长两个小时。最后晚上七点半到九点半考英语。

"希望大家重视这次考试，这将会和你们的中考成绩一起成为你们排座位的重要指标。

"行了，该上厕所的上厕所，该买笔的买笔去吧。还有十五分钟考试正式开始。"

第一场语文看来是韩娜监考，她把她带来的黄色文件袋拆封，里面是久违的雪花卷。这个暑假没有作业，大家看起来都玩疯了，虽然考的是初中知识，但似乎还是忐忑的居多。

试卷一张一张往后传，为了考试座位和座位的间隙都被拉得很开，赵知著转过身去递卷子，这一对视，巧了——这不是昨天那个骑摩托的吗，怎么剃了这么个钢铁直男的发型？

赵知著挑着眉上下打量了程燃一眼，程燃也认出了赵知著，朝她回挑了一下眉。

一时间，噼里啪啦，电光石火。

呵，有意思。

两人在心里想着。

考试的时间过得飞快，对体力的消耗也大。所幸才刚开学学校还没有门禁，大家基本都没去食堂，离得近的回家吃，离家远的也在外面买小炒。

赵知著只随便买了个面包打发自己。她没料到公立学校和国际学校的题目教纲相差这么大，她甚至估计不出来自己这次考试能考多少分。

等到所有的考试都结束，也已经是晚上了。

九点半，韩娜踩着点回到教室，让大家少安毋躁，又叫了两个男生去搬东西。

"什么？是发书吗？"

"不是，好像是校服。"

"啊……"大家用尽全力表示抗拒。

"这边是我们的秋季校服，一人两套。男女款没区别，所以一米六以下的拿小码，一米八以上或者特别胖的拿大码，其余全是均码。另一个箱子，是你们的军训服，码数照旧。

"现在，从第一组开始，一个一个过来登记领取。"

四十几个人，眨眼间也就领完了。

韩娜还在好生叮嘱："今晚回家后把军训服好好洗一下，到明早能干。明天八点务必穿着军训服在操场集合！如果有身体不适的，明早让家长一起过来，带着证明材料开假条。否则，一个都不许少，听见没有？"

"知道了……"

大家稀稀拉拉拖着调子回答。

好在韩娜也懒得管那么多，说完就挥挥手走了。

这么一耽误，倒是让他们和高二高三的一起放学了。一时之间学校里水泄不通，全是背着包往外冲的学生，公交车一辆接一辆，全部爆满。

人声、自行车相碰声、喇叭声，此起彼伏。

赵知著站在公交车站台上摸摸口袋，发现零钱已经没了。想了想，她还是决定徒步走回去。

"嘀嘀——"

突然，旁边传来喇叭声，赵知著转过头去看。

是程燃。

他把摩托停在路灯下，支着腿坐在车子上，单手抠开一罐可乐。明明是一辆家用小电摩，倒被他撑出了赛事摩托的气场。

程燃冲赵知著一笑："滨江花园十块，走不走？"

托程燃的福，赵知著在十点半以前回了家。

到家的时候二老已经睡了，她没敢用洗衣机，在卫生间揉了揉军训服，湿答答地拿去阳台晾起，也不知道明早能不能干。

考了一天试，身心俱疲，赵知著几乎是倒头就睡。

第二天闹钟一响她就起床，去阳台摸了摸衣服，竟然已经干透了，于是趁着她爷爷奶奶还没起床赶紧出门。

这才早晨七点不到，太阳照在皮肤上，就觉得炽热难耐——在南方，往往秋老虎比真正的夏天还要难挨。

赵知著皱了皱眉，心想好在这军训只有几天。

早上八点军训正式开始，各班班主任整队，听校长发言，接着才是教官出场。分配给赵知著他们班的是个男教官，通身上下没有什么出彩的地方，顶着一张让人记不住的路人脸。

但气势端得还挺足。

军训刚开始肯定是站军姿了，到了下午就开始练转身、蹲下起立、踢正步。阳光越发毒辣，树荫也变得短小起来，有些人体力不支，被热得头脑不清，开始同手同脚。

"左右分不清吗？"

"不许动！"

"笑什么笑！"

汗珠像蒸锅上的水汽，不住地涌上来，挂在鬓角上、睫毛上、衣服上，到处都是湿漉漉的。赵知著皱着眉，倒不是坚持不了，只是她很讨厌这种和人挤在一起，散发黏腻腻的酸味的感觉。

紧接着，突然被人拍了拍肩膀，赵知著转头看去，是教官。

他面无表情地说："你，出列。"

周围递来形色各异的眼神，赵知著走出队伍。

又过了一会儿，教官又从班级末尾领了一个男生出来。

这一看，巧了，摩托车男孩。叫什么来着，赵知著一时没想起来。

他们对视了一眼接着又面无表情地转过脸去。

"你们班，正好男生女生人数一样。"教官走出来，和他们站在一起面对着同学们，"这两位是动作比较标准的同学，以后分别带队男女生。"

"现在开始，男女生分成两队，转身面对面。交叉正步走！你们俩站最前面带队。"教官给赵知著和程燃使了个眼色。

……

虽然莫名其妙成了领队，但赵知著感觉反而还轻松了很多，至少身边没人，空气更流通了。

五点一到，队伍准点解散。

军训期间学校不设晚自习，解散后就能直接回家。不过赵知著没打算赶回去吃晚饭，她先是去了学校不远处的公交车零售点办公交卡，再坐着公交车慢悠悠地往回赶。

坐公交车势必要绕路，回滨江花园八九站的距离，怎么算都得半小时。赵知著坐在靠窗的位置，又戴上了让她与世隔绝的耳机。

此时的太阳已经完全落向西边，暖色流淌得满天满地，只有亮光却全无热度。

龙溪是一座老旧的城市，街头巷尾还能看见不少十年前的小店招牌，被黄昏的色调一笼罩，像是什么怀旧版青春漫画。

她就是在此时看见程燃的。

十六七岁的少年，穿着宽大的白色T恤，发茬上闪着晶莹的光，不知是汗珠还是水花。他靠在巨大的泛黄的白色冰柜旁，仰头灌着一瓶冰汽水，清晰可见的喉结上下翻滚。

只有一瞬，赵知著乘着车与他擦肩而过。

她听着耳机里呼啸而来的摇滚之声，终于想起来前一天晚上在手机转账信息里看见的名字——程燃。

燃烧的燃。

又过了几站距离，耳机里的音乐声戛然而止，赵知著低头一看，是赵保刚的电话。

赵知著戴着耳机接了："喂？"

"知著啊，是这样，爸爸有个生意上的朋友，和我们是老乡。后天他家小孩要回老家一趟，这小孩才三年级，一个人。爸爸想让你后天下午三点去龙溪车站接一下他……"

"我没空。"

"啊？"赵保刚愣了下。

"我已经开学了，您不知道？"

"这样啊，你怎么开学了也没和我说呢，学校怎么样？"

"挺好的。"赵知著惜字如金。

"那爸爸等会儿就给你转生活费好吧。一个月一千够不够？你也知道，我们家生意现在……"

"都行，您随便给吧，我要下车了。"

"哦哦哦，好好好。那先不说了。"

赵知著几乎是分秒必争地挂了电话，心平气和的情绪一下又被打乱，烦躁像临近沸点的开水一样，抑制不住地翻滚着。

她这脾气大概是随了外公，情绪来得又快又急，日常暴躁。

军训第二天，离赵知著最近的还是程燃。教官好像是找到了教习的好方法，让他们男生女生分开训练——哪队动作做得好学得快，哪队就多休息十分钟。

　　别说，这招还挺管用，所有人的注意力都瞬间提高，铆足了劲指望着能多歇一会儿是一会儿。更别提是站在树荫下喝冰水看别人练了，男生女生互相瞧不起。

　　事情发生在下午快三点的时候，教官们统一去开了个小会，留下学生自主训练。对于高一一班的同学来说，带着练的还是程燃和赵知著，没啥区别。可是个别班有些好说话的教练就直接放了大家休息，他们看着羡慕得不行。

　　于是大家瞬间觉得脖子上的汗都多了几倍，难熬。

　　意志一垮，身体自然跟不上，眼见班里好几个女生开始摇摇欲坠，赵知著突然停下口号，带着女生们绕到墙下阴影处去训练。

　　没了烈日炙烤，大家都长舒一口气。

　　接着难过的就是男生们了。

　　"老大，我们也去阴凉的地方吧……"

　　"就是，反正也不是我们先走的。"

　　……

　　众口纷纷，军心溃散。程燃知道这也管不住了，于是手一挥，放大家去阴影处站军姿去了。

　　约莫十来分钟后，教官们回来了。

　　"高一一班全体集合！"

教官军帽下的国字脸莫名更黑了，众人战战兢兢地集合。

"谁允许你们擅自更换训练场地的！"教官皱着眉，发出震耳欲聋的问责。

场下四十几人像一群瑟缩的小鸡崽，一声都不敢吭。

"说话！"

……

眼见着再沉默下去可能所有人都要吃不了兜着走了，赵知著举起手来："报告，是我带女生过去的。"

"报告！男生也跟着过去了！"某位不知名女英雄立马说出虎狼之词。

教官气了两秒，接着说："放学后，女生领队站军姿二十分钟，男生领队十分钟！"

"这不公平！"

"就是，哪有女生罚得比男生还重的……"

好心的小娇气们比罚她们自己还义愤填膺，直接小话就说开了。

赵知著心中一紧，完了。

果然，教官用更大的声音说："不服气？不服气所有人一起罚！"

赵知著从小在海军家属院里长大，对此刻应该赶紧扬汤止沸领悟得明明白白，刚要开口认错认罚，却没想到被旁边的家伙先声夺人。

只听程燃抢先一步喊道："报告教官！我认识到了错误，自愿受罚！"

"很好。"教官赞赏地点头，"女生二十五分钟，男生不变。"

赵知著刚张开的嘴压了一大口空气进去，憋痛五脏六腑，竟然第一次被人堵到措手不及——她往旁边瞥了瞥——很好，不愧是你。

程燃，燃烧的燃。

怒火中烧的赵知著，再一次记住了某人的姓名，这回再深刻不过了。

附小后街，恰恰网吧。

"燃哥，快来快来！机子已经给你开好了！"秦天从一排宽屏电脑后面探出头来。

程燃快步走过去。

"那个谁真的还在罚练啊？"秦天没忍住八卦，小声地嚼舌根。

"嗯。"程燃应了句，低头忙着登账号。

秦天咋舌："燃哥你今天真的是，牛。赵知著看起来很不好惹的样子啊，你不怕她报复？"

"她确实是挺不好惹的。"程燃回想起在车站的时候赵知著那冷酷的眼神，但还是无所谓地说，"但谁让今天赶排位呢，没办法了！"

说着他撑了撑手掌，把指节舒展开。

与此同时，教官终于掐着表放走了赵知著。她撑着膝盖喘气，揉着已经发麻的关节，歇了几分钟后才走出校门，坐上公交车回家。

"哎哟，还在公司啊。早点下班回家吃饭听到没有！"

赵知著一打开门就听到王桂英的声音，还愣了一下，接着才反应过来她应该是在给赵保刚打电话。

赵知著进门后和她爷爷点点头算是打过了招呼，她无意听她奶奶唠家常，只想赶紧去洗个澡。但进进出出的，声音总归还是会飘进耳里。

比如这个——"晓丽呢？她肚子可马虎不得，你多陪陪她。"

王桂英三句话不离的是钱晓丽的肚子，她的大孙子。

赵知著妈妈去世一年后赵保刚就新娶了，钱晓丽文凭不高，漂亮也说不上，年轻倒是真的。二十出头，不过比赵知著大个七八岁，赵知著也没什么心情去和她对着干，一切井水不犯河水罢了。

　　前段时间钱晓丽终于怀孕了，月份刚够一家人就火急火燎地带去外地的医院做性别筛查，得知是个男孩后，王桂英就差当场下跪感谢老天爷了。

　　"燕窝和药酒？"王桂英换了只手举电话，"吃了吃了，以后别买那么贵的东西，怪浪费的！"

　　"哦，是晓丽送的啊，还是儿媳妇贴心啊，哈哈哈！"

　　赵知著翻了个白眼，实在是听不下去了，赶紧冲进房间收拾换洗衣服去。

　　呵，难怪赵保刚不停地让她看管好那两盒燕窝和药酒。

　　赵知著无语地笑了下。

　　老人家不太讲究，整个卫生间每天都弥漫着刺鼻的味道。赵知著已经习惯在去卫生间之前用气味清新剂去去味了。不过才几天，一瓶去味剂就已经见底。无奈，赵知著只好翻出一瓶前调略冲的香水先用着。

　　当赵知著捧着换洗衣服重新打开卫生间门的时候，风在瞬间对流，卷起了香水中调里混沌馥郁的茉莉香，她一瞬间愣了愣。

　　赵知著的母亲叫杜欢颜，和小女儿家的娇羞祝愿没什么关系，这个"欢颜"取的是杜子美的诗"大庇天下寒士俱欢颜"。

　　她外公是一名海军，外婆则是大学里的教授，两人只有一个女儿，虽然名字里是忧国忧民，但从小都在一片歌舞升平中长大。

像一朵开在花圃里的花，只能看见丈二之地的风景，对外界的赤诚换句话来说也可以称作不知者无畏。

于是这么一个琴棋书画精通的大小姐偏偏看上了在大学里勤工俭学的穷大学生，也就是赵知著爸爸，赵保刚。

起初是很好的，赵保刚毕业后就和杜欢颜结婚了，用着岳父的钱做生意赚了第一桶金。后来他生意越做越大，钱越赚越多，对妻子一家也越来越嗤之以鼻，觉得他们一家子不过是瞎讲究——钱财不过小资，规矩做派是一大堆。

渐渐地，赵保刚回家的次数越来越少。杜父在一次海上救援中牺牲，杜母一时摇摇欲坠，杜欢颜最终带着才三岁的女儿回了娘家。

于是赵知著在外婆家一住就是八年。

第五年的时候，妈妈离她而去，接着她与外婆相依为命了三年，但最终还是没留住她认为的最后一个亲人。

她于是不得不跟着赵保刚这个所谓的父亲走。

那套精致的老房子就这么落了锁，五年过去了，赵知著平时都不大特意去想，可是在刚刚那个瞬间，她忽然想起了她的童年。

暖色的夕阳破开空气中的浮尘，厨房传来热锅下油的声音，她和外婆坐在阳台上浇花，夏天开得最好的永远是那几盆茉莉。

拉长的影子背后，所有的家具都摆放整齐，盖着一块精致的白色蕾丝帕。

她们祖孙三代一起读书下棋，弹琴品茶。尽管被人说是花圃里的花，也依然在自己抵挡着风雨。

因为有过这么美好的岁月，所以赵知著从未觉得自己有多可怜。

花洒里的水终于热了起来，冲刷着赵知著的四肢百骸，水汽氤氲。

从来都没有所谓的绝境，她相信，她的未来还很长。

　　第二天早上进校之前赵知著又看到程燃了。此时她正在不停急刹车的公交车里当一枚罐头夹心，透过车窗的缝隙看到程燃一个飞轮摆尾，潇潇洒洒地把车停在了校门对面的小吃店前。

　　等赵知著好不容易随着人流挤下车之后，程燃已经吃完两个包子一个茶蛋，叼着牛奶无比招摇地晃进校门了。

　　赵知著把挤乱的头发捋到耳后，烈日、人声、绿色的迷彩服又让她想起昨天下午吃的瘪。

　　"呵！"望着程燃远去的背影，赵知著无声地冷笑了一下。

　　但他们谁也没料到，赵知著报仇的机会来得这么快。

　　这是军训阅兵前的最后一天，训练量激增，赵知著和程燃理所当然地成了撑旗手，不用加入大部队训练，松松散散地站在大树下观看。

　　"喝饮料吗？"

　　赵知著胳膊上一凉，她转头看过去，是程燃抱着两瓶冰可乐。大概是刚刚借着上厕所的名义买的。

　　赵知著也确实渴得厉害，看了程燃一眼，没有假客气，说了声谢谢，然后抽走了其中一瓶直接拧开。

　　"呲——噗！"冰冷又甜腻的汽水霎时喷涌而出，溅了赵知著满手满脸。

　　……

　　"我……跑过来的……"程燃捏着放完气的可乐小小地抿了一口，眨了眨心虚又无辜的眼睛。

　　赵知著的眼神简直可以杀人，她一言不发，给教官报告之后直接走去了旁边的食堂。她拧开水龙头，将头发一把散开，在水柱底下冲了起来。

程燃远远地看着，飞溅的水花在阳光的反射下亮得刺眼。她把浸湿的头发一把捋在脑后，洗濯过后的面庞泛出更深刻的冷意，映衬着浓黑的、还在滴水的长发。

程燃没来由地觉得喉咙有些干涸，出神地拿起手旁的可乐狠狠地灌了几大口——可这分明是赵知著刚刚打开的那瓶，也不知他是有意的还是无意的。

黏黏腻腻的瓶身，黏黏腻腻的夏天。程燃眯着眼睛这般想着。

赵知著全湿的长发，用吹风机都得吹上半个小时的发量，在热浪翻滚的室外竟然不到十分钟就干得差不多了。

今天似乎尤其热。

赵知著被强烈的白光晃得头晕，闭起眼睛捏了捏眉心。就在此时，"咚"的一声响猝不及防地传来，闷闷的，带着让人心惊肉跳的振幅。

"黄一祎！老师，有人昏倒了！"

霎时人群大乱，举手报告什么的都忘了。

教官也慌了，拨开人群冲进去看。

"应该是中暑了。"教官看了看黄一祎的脸色，"她倒下来的时候有人扶住没有？"

"没……没来得及。"离黄一祎最近的那个女生吓得脸色苍白、眼神慌乱，一点曝晒下的红晕也没了。

一直就在不远处乘凉的校医李斐和班主任韩娜也跑了过来。

"怎么回事？"韩娜急忙问。

"中暑，但她好像是头着地倒下去的，不知道会不会……医生看看吧。"教官侧身给校医让位。

"可能有脑震荡，得赶紧送医院！"李斐看了看黄一袆的瞳孔，抬头问，"韩老师，学校后勤部的车还有没有？"

"都开走了啊。"韩娜一脸着急。

旁边众人一声声的"黄一袆"如石沉大海，得不到任何回应，重叠的呼声像是什么催命符咒。

"叫救护车，救护车！"李斐喊道。

"打了。但护士台说现在用车紧张，如果方便还是自己赶紧送过去。"不知什么时候站过去的程燃晃了晃手机说道。

"叫车软件也不行，还没有司机接单。"赵知著也举起自己的手机说道。

"那怎么办啊……要不我去找校长吧！"韩娜说着站起身来。

李斐身为校医最明白事态的严重性，急得团团转，她喃喃道："唉，要是有辆摩托车也行啊……"

偏巧这句话让赵知著听见了，她适时道："老师，让程燃骑摩托送过去吧！"

向天发誓，她说出这句话的时候绝对没想过那么多。

"你有车？快去啊！"韩娜推了程燃一把。

程燃终于也体会到突然被 cue 的茫然感，先是愣了一秒，然后转身拔腿就跑。

没超过两分钟，程燃就骑着摩托呼啸而来，急速下一个横向的刹车，在操场上留出一道长印。

"一班的吗？好帅啊……"

"叫什么名字啊？"

这事一出，附近的几个班都直接暂停训练了。一些女生看不清楚发生了什么，只知道这个突然骑着摩托闯进来的男生有点帅。

他又长又直的腿支在地上，汗水顺着短短的发茬从轮廓起伏的脸上一路流下，皱着眉头，性感到爆。

当然，老师们是没空管这些的，韩娜抱着黄一祎坐上摩托后座，眨眼就消失在了众人的视线中。

半小时后，黄一祎在医院里醒过来，没什么大碍。

程燃蹑手蹑脚地出去，刚坐上车，韩娜就出现在了门口。

"程燃，满十八岁了吗？"她把手环在胸前。

"没……"程燃已经预见到了后面的话。

"以后别让我再看到你骑摩托，懂我的意思吧？"韩娜说。

"嗯……"

后来，大概是开学好几周了，某天放学后的公交车站台前。

"哟，你也等公交车啊？"赵知著对身旁站着的人明知故问。

"是啊，托你的福。"程燃眯起眼虚伪地微笑。

"你坐哪趟车？"赵知著又问。

"3 路。"

"啊……这路车好像人挺多的吧。"

"对啊！刚刚那趟燃哥都没挤上去哈哈哈 —— 哈。"秦天笑到一半被程燃的眼神给堵回去了。

赵知著差点没绷住。

"我的车到了，先走了，祝你好运。"赵知著摆摆手，闪身上了车。

秦天拍拍程燃的肩："你看，我都说了让你晚点再出来吧，你俩哪回不冤家路窄！"

　　排队的其他同学：啧，关系真差。

　　真差吗？也不一定吧。

　　程燃低头笑了笑。

军训结束后休了两天假，正式上课那天已经是九月七日。

　　"这是你们前几天水平考试的成绩单，知道干什么用的吗？"韩娜踩着高跟鞋走过来，依然是笑得人畜无害的样子。

　　"排座位 ——"但他们才没什么精力去应付韩娜，毫无悬念、了无生气地说出答案。

　　毕竟这是龙溪一中近十年的传统了。

　　每个班的走廊上都挤满了人，等着老师按顺序喊名字，一个个再进教室选座位。

　　"好了好了，开始啊，上午事可多着呢。"韩娜摆摆手，低头念道，"第一个，程燃。"

　　"竟然是他？"

　　"没看出来啊，他学习这么好！"

　　瞬间底下窃窃私语，毕竟军训时期程燃就已经出过风头了。有初中和他一个学校的知情人立马就出现了，说："你们不知道吗？他中考就是我们学校的第一名，比市状元好像也只少了两分。"

　　赵知著也挺意外的，抬头瞥了一眼。

　　"第二个，李向阳。

　　"第三个，宋奕。"

"第四个，刘莎。

"第五个，丁梓星。"

……

"第十五个，赵知著。"

十五。赵知著在心里咀嚼了下这个数字。

其实她的心情有点复杂，这个名次似乎比她预计的要好，又似乎让她心里更不舒服了。

抱着这样杂乱的心思，赵知著进教室后什么也没考虑，随便找了个空位坐下，完全没注意后面就是程燃。

程燃几乎是瞠目结舌地看着赵知著坐下来的。

后来他又再三想了几秒，还是小心翼翼地戳了戳赵知著，问："你确定要坐这儿？"

"嗯。"赵知著回答，压根就没回过头看是谁在问她。

程燃一噎，行吧，那我走吧。

紧接着，程燃就立马拎着书包跨组了，并且还往后选了一排。

趴在窗子外密切关注座位的其他同学。

"不是吧……这么夸张，坐同一组都受不了？才开学多久关系就这么差了？"

说的就是程燃和赵知著两人。

另一位同学凑上来八卦："能不差吗？你看看就这一个军训两人结了多少梁子。程燃在教官面前抢话，让人家一个女孩子留校罚练，完了人家就把他骑摩托车的事给捅出去了吧。"说着他看了看远处的班主任，用手挡嘴小声说，"听说现在娜姐还经常早上在校门口检查有没有骑电驴摩托的……"

他们这小话说得起劲，没被韩娜听到，倒是被站在旁边的黄一祎听到了。

小姑娘神色愧疚地咬了咬嘴唇，淹没在人群中。

座位分好后，大半个上午就过去了。一切收拾停当，韩娜站在讲台上发言："高中呢，大家也懂，一切有的没的都不重要，最重要的只有学习。也别想着刚开学先放松，上午发完书，下午就开始上课，晚上还有两节自习。三年的硬仗已经开始了！"

这种一板一眼的话大家都懒得听，死气沉沉的，没人吭声。

"那接下来我来说一下我们的班级制度啊。"

您要说这个，大家伙可就来劲了啊！瞬间有个别同学挺直了腰背，精神奕奕。韩娜的笑意尽入眼底。

"以后我的班，不设班长，班级纪律之类的大小事就交给语数英三个课代表。"

"娜姐，你搞'三权分立'啊！"底下瞬间就有人起哄了。

韩娜瞄了一眼："龙小侃是吧。"说着翻了翻花名册，"你别急，目前只分三权应该还轮不到你。"

"小龙坎？什么小龙坎？"

韩娜误打误撞，一语惊醒梦中人。

"哈哈哈哈哈哈哈哈哈，不说我还没发现！"

"绝了！"

全班哄笑一堂。

刚睡醒的秦天还不知道发生了什么，懵懂又无辜地跟着笑。龙小侃脸色青紫交加，愤恨地看了一眼秦天。

程燃为猪队友默默扶额，天寿啊……

"安静！"韩娜拍桌子凶道，"开学第一天就有人打瞌睡，你们还笑得出来！"

她接着说："回正题，我先任命一下啊，我的英语课代表就……赵知著吧，站起来让大家认识下。"

对此，赵知著倒是没有多吃惊。以她的英语成绩，老师会放过她反而才奇怪。

众人朝赵知著看过去，基本都是疑惑的目光。

不过也正常，龙溪这个小地方，初中没几所，相互之间认识的人太多了。只有赵知著，还真没一个人见过。

排外可能是人的共性，迟疑这么两秒过后就有人问了："老师，凭什么是赵知著啊？"

韩娜想都没想就说："凭她长得好看。"

噎死一众杠精同学。

再接着韩娜就让人搬书去了，发发书，拌拌嘴，总算赶着中午放学前把事情结束。

下午第一节课就是让人如临大敌的数学，这回被指名担任课代表的是程燃。

"老师，也是因为程燃长得好看吗？"某个活泼的女孩子问道。

可惜教数学的是个倔老头，一听这话立马严肃地一提眼镜，说道："什么乱七八糟的！刚发下去的试卷好好看了吗？"

但奈何数学老师年纪大了口齿不算清晰，还带着可爱的南方口音，让人觉得怕不起来。

"就是，想玩别来一中啊。"

　　赵知著只听见身后传来一句喃喃自语，语气里满是欠揍。她没忍住，好奇地微微向后瞥了一眼——是坐在她斜后方的一个女生，此刻正翻着白眼找红笔订正卷子。

　　根正苗红。

　　赵知著在心里笑了下。

　　可随着下午几节课的展开之后，赵知著的眉头开始隐隐跳动，徘徊在烦躁边缘——这姑娘哪是什么根正苗红，根本就是杠精转世吧。

　　现在赵知著合理地怀疑上午那句"凭什么"应该就是这女生说的了。

　　这人叫王可娴，对学习热爱得有些瘆人，势要杠走身边一切打扰她学习的要素。以至于每过几分钟赵知著就要被迫听她充满怨气的碎碎念一次。

　　太难了。赵知著艰难地闭上双眼。

　　下午放学之后，吃饭的吃饭，散步的散步，总之是出不去学校的。女生们大多吃完饭后还是径直回了教室，三五成群地坐着聊聊天。

　　男生去操场打球的居多，这个点太阳也快下山了，不热，时间也正好。

　　赵知著一个人吃饭，没人在旁边拖拖拉拉，于是来得快回得也快，早早就回了教室做作业。但她发现这位杠精姑娘比她回来得还早，也在做作业，可见是真的热爱学习。

　　写作业时的王可娴安静如鸡，赵知著舒了口气，只可惜安静了不过十几分钟，后边又闹幺蛾子了。

　　"你干吗啊？这可是我妈专门给我打印的卷子！"一声尖锐怒吼加上椅子突然被拖动的声音，几乎把整个班的目光都吸引过去了。

赵知著也不例外,她离得近,这声音炸得她后脑勺差点开花。

只见王可娴抖着她装订好的卷子,上头突兀地被划了一道粗黑无比的印子,横跨了好几道题。

"对不起对不起,要不我重新打一份赔你吧……"

闯祸的是赵知著正后方的女孩,长得有点微胖,但一点也不邋遢,看得出家境很好,也很有礼貌。

"你赔得起吗你!这是我妈专门找人给我集的题,买都买不到。你以为这和你不三不四的漫画一样吗?自己不学就算了,还耽误别人!"王可娴可算是站在道德制高点上了。

赵知著随着王可娴的话看了看这女孩的桌子,果然掩着一本漫画,还有一个速写本。大概是女孩画画的时候不小心把笔飞出去划着王可娴的卷子了。

"可娴,算了吧,铅笔而已,擦擦就好了。"有和王可娴认识的女生过来劝解。

"什么铅笔啊,鬼知道她用的什么,根本擦不掉!"不过王可娴看来也是真急了,一边说一边用橡皮疯狂地擦着卷子,纸都快被擦破了,"你看!怎么擦得掉嘛!"

赵知著瞄了几眼,这应该真不是用铅笔画出来的痕迹,大概是炭笔,再怎么擦也不可能完全擦干净。

"也不知道怎么最后一个座位就留在了我旁边,真倒霉,倒数第一也好意思坐到教室中间来。"

赵知著皱了皱眉,这话就有点过分了。

"我要告老师去!"突然王可娴噌地站了起来,气势汹汹地从走廊里要冲出去。

"小心。"赵知著一只手一把抓住王可娴的胳膊,另一只手从被她故意撞歪的桌子边缘接住一个透明卷笔刀。

赵知著力气不小，王可娴吃痛，原本想开怼赵知著，结果转头一看正是赵知著这一抓让她没撞上桌角，于是极不情愿地憋了一句"谢谢"说出来。

赵知著把卷笔刀还给后面那位画画的女孩，不紧不慢道："不用谢，我只是怕你摔坏人家的文具。这个是真贵，我怕你赔不起。"

如果她没看错，这应该是某个以文具起家的奢侈品牌出的文具套装里的，光是这个卷笔刀，就得几百刀了。

"谢谢。"微胖女孩小声道谢。

"你什么意思啊！"王可娴可就不干了，立马调转枪口对准赵知著。

"不用这么麻烦吧。"

一出女生大戏里突然传来男生的声音，大家都往身后看过去。

是刚打完球回来的程燃，不知道他来多久了，手指转着篮球倚靠在别人桌子边。

"你那两道题是黄冈2014年的模考真题里的，我明天可以给你带原卷过来。"程燃的眼睛盯在自己指尖飞速旋转的篮球上，然而他戴着黄色护腕的手却更引人注目，修长有力，骨节分明。

此话一出，女生们又雀跃起来了，窃窃私语，无一不夸帅、好厉害。

呵，赵知著内心翻了个白眼。

"不对吧，第二道题应该不是黄冈的，是黄石，我这里正好就有。"没想到又有一人申请加入群聊。

是一个坐得笔挺的男生，长得就像学习很好的样子，他推了推眼镜，把手边的教辅书翻到特定页数给大家看。

没想到这么快程燃就翻车了。

"这人是谁啊？"

"叫什么来着……李向阳？"

"好像是全班第二。"

"咳……"程燃咳了几句缓解尴尬，俯身对李向阳小声说，"哥们给点面子啊……"

一直愣着的王可娴终于回过神来了，挂机的杠精系统重新读条："呵，看来我们班第一名还不如第二名啊，也不知道这第一是真的还是假的……"

总用最坏的恶意去揣测别人的人，赵知著嫌恶地皱了皱眉，看了看手表说："都别说了，马上开始放英语听力。"

大家这才慢慢回到座位去，换个角度来说，热闹也看得差不多了。

赵知著往讲台走去，与程燃擦肩而过，两人在这转瞬间对视。

——让你装。

——谢了。

高一高二都只有两节晚自习，晚上八点五十就放学。这时从学校往外看整座城市还是灯火通明，赵知著心不在焉地收拾书包，随着人流晃出学校准备等车。

"赵知著！赵知著！等等我！"

突然，有人叫她。

赵知著有点反应不过来，她迟疑地回过头去，发现是今天傍晚的那个小胖妞，背着书包朝她坚实有力地跑过来。

"那个，今天谢谢你啊……"小胖妞跑得脸蛋白里透红的，让赵知著有点手痒想捏。

"我叫游桃桃，因为我妈生我的时候爱吃桃。"

"……"这倒不必跟我说，赵知著内心无语。

"你怎么知道那个卷笔刀很贵的啊？"她扑闪着眼睛问。

"以前有人送过我同系列的直尺。"曾经在 S 市国际中学的某位富二代。

游桃桃静默了两秒，然后突然一把紧紧抱住赵知著，嚷道："啊啊啊啊啊……终于有人认出我的 Tiffany、Prada、Gucci、miu miu 了！"

"……"赵知著整个被游桃桃抱蒙了。

她都不知道有多久没和人有这么亲密的接触了。

但神奇的是，她竟然没有推开游桃桃，而是顺理成章地捏了捏游桃桃肉嘟嘟的脸——不作不腻的可爱真好啊！

一路上，游桃桃叽叽喳喳的。

"你以前也是龙溪的吗？"

"不是。"

"那你之后一直在这里吗？"

"嗯。"

"你什么星座的啊？"

……

游桃桃简直就是个问题发射机，两人不知不觉就出了校门，一辆黑色的大奔摇下车窗。一脸憨厚的大叔对着她们喊道："桃桃，这里！"

"我爸来接我了，你要不要一起？"

"我还有事。"赵知著摇摇头，"你先走吧。"

说着，她没忍住又捏了捏人家的脸，然后突然笑了一下："以后别偷偷摸摸画我了。"

望着转身走远的赵知著，游桃桃莫名呼吸一热，内心号叫：嗷嗷嗷嗷嗷，小姐姐太"飒"了，我爱了……

赵知著把水杯里最后一口水一饮而尽，正准备挤上公交车时，手机却响了起来。

她疑虑地拿起手机一看，竟然是王桂英。

"喂？奶奶，怎么了？"

"你放学了吧？"

"嗯，刚出校门。"

"那正好。"王桂英不容置喙的声音传来，"你拐道去红星广场的诚信药房给你爷爷买两瓶降压药，老板知道要拿哪种。"

"好……"

然后还没等赵知著说再见，王桂英就"啪"地挂了电话。

得，话果然不能乱说，现在是真有事要办了。

赵知著只得换了一路公交车挤上去，十几分钟后在红星广场站又准确地被挤了下去。

"嘶——"被人一挤，赵知著直接踩空。

公交车站的台阶距地面起码几十厘米，她的脚脖子结结实实地扭到了。不敢堵在公交站台上，她只得忍痛皱着眉挪着走开。

"你好，这边有降血压的药吗？"赵知著拖着步子终于来到药房。

"有的有的，不过我们这里只有这一种，你看看？"老板抽出一个蓝色盒子给她看。

"那就这个吧，拿两盒。"赵知著皱着眉，指着自己的脚踝，"你能顺便给我看看，我这能用什么药吗？"

"嘶——你这崴得不轻啊。我给你拿个跌打损伤的药剂喷喷吧，如果你不嫌丑也可以贴点膏药。"

"都行，一起结账吧。"

"好好，一共367元。对了，你这脚要少走动，打电话要你家人来接下你吧。"

"嗯。"赵知著含糊其辞地应了声，挪出了药房。

"对不起！都是我……害得你不能骑车了……"

赵知著没想到一出药店就看到了一出大戏，饶有兴致地开始暗中观察起来。

不知怎的，黄一祎放学后竟然一路跟着程燃来了红星广场，最后终于在程燃停下来买水喝的时候找到机会跟他说话。

程燃转过头去，惊讶了两秒，最后还是认出来了这是谁，笑着说："啊，你是军训时……"

"我叫黄一祎。那个，谢谢你啊……"

"小事小事，你现在感觉还好吧？"程燃笑出一口白牙，爽朗的少年模样。

黄一祎莫名红了脸，小声道："我没事，一切都好。但是……都是因为我，你才被韩老师发现，然后不能再骑车了……"

"这跟你没关系。"程燃还是笑了笑，但脑子里忽然浮现起一张冷眼睥睨的脸，精致得让人移不开目光。

这跟你没关系，是某人见缝插针的复仇罢了。

程燃忽然收起爽朗阳光的笑容，眯起眼睛微微低头，嘴角却有无法掩饰的弧度。

终于送走了黄一祎，程燃马不停蹄地赶去找秦天开黑——

"不愧是骑车载过的女孩子啊。"

程燃一听声音就猜到了是谁，笑着转过身去，发现果然是赵知著。她坐在花坛边缘，向他投去刚看完一出好戏的眼神，满是戏谑。

"这话说得……"程燃走了过去，停在赵知著面前笑着反问，"我不也载过你？"

赵知著一噎，腹诽：花钱的和没花钱的能一样吗？

"你在这儿干吗？"程燃问。

"买药，等车。"赵知著晃了晃手里的药盒。

"这么脏你也坐得下去？"

赵知著真是非常克制自己的白眼了，没好气道："脚崴了！"

程燃微微弯腰看了看她的脚踝，果然红肿一片。他啧啧两声，施恩道："算了，我再载你一次吧。"

"不必，我叫车了。"赵知著果断拒绝。

"那你怎么上车下车进小区？"

"……"

"你等我一下。"程燃说着就跑了。

没过两分钟，程燃半骑半推着一辆红色的小电驴过来，说："我管秦天他姐借的，过来吧。"

赵知著跟跄着走过去，但她只有一只脚能使力，发现自己竟然连个小电驴也坐不上去了。

程燃下车，支好车子的撑杆，没什么废话，直接一手穿过赵知著的膝窝，一手揽着她的肩，将她稳稳地抱了上去。

小电驴不如摩托撑得稳，陡然一个人的重量上去，车子不由得晃了两下，还好程燃眼疾手快地稳住了。

　　赵知著扶着车子的后备厢说："比我第一天碰见你的时候强多了啊。"

　　程燃愣了愣，然后想起那天晚上，他帮赵知著提书，车子没支稳还把手机晃出来了的窘事。于是他也笑了，回怼："是啊，毕竟补过了嘛。"

　　"？"赵知著显然没明白。

　　程燃微微一笑："小杨生蚝，女人的美容院，男人的——加油站。"

　　"……"

　　程燃骑小电驴也是驾轻就熟，只不过比起他骑摩托的时候来说，倒是稳当了不少，不知道是顾及后面载了个伤员，还是小电驴的性能不行。

　　这么一折腾，到达滨江花园的时候已经快十点，小区的广场舞大队刚刚鸣金收兵，还有三三两两的大妈们坐在树下最后聊一聊家常。

　　晚上小区里灯光昏暗，程燃没有再骑车，反而是下来推着赵知著在走。

　　"继续往前，然后左拐。"赵知著给他指路。

　　白露一过，到底算是秋天了，晚上凉风习习，吹得枝叶窸窸窣窣。时不时还有乘凉未归的居民，三言两语传来，也算是打破他们之间逐渐尴尬的气氛。

　　但赵知著没想过这么巧，偏偏就让程燃听见了这个。

　　"桂英啊，你今天赚的这两百块还不够给你家老赵买降压药的，哈哈哈！”

　　“哪里是我买，已经让赵知著那丫头去买了。”王桂英一拍腿，满脸不赞同地摇摇头。

　　“那你还不是要给钱，她一个小孩哪儿来这么多钱。”

　　“这你就不知道了，死丫头有钱！比我老婆子有钱多了！”

　　一说起这种事情，这些嚼舌根的大妈就来劲了，忙问：“怎么说？”

　　“她啊，克死她妈一家子之后，所有的钱就都给她了。她外公是海军，外婆是什么大学老师，还留了S市一套房给她。”

　　“哎哟……”众人捧场得不行，纷纷感慨。

　　“前段时间我儿子的公司不太顺利，想卖了那套房子来周转一下，那丫头还死活不同意。那可是她爸啊！结果现在还不是我们在养着她，唉，真是没良心！”王桂英满口心灰意冷的语气。

　　“唉，那她孝敬孝敬你们也是应该的。”

　　……

　　“然后呢？左边这栋，还是右边这栋？”程燃仿佛什么也没听到一般，开口只顾着找路。

　　赵知著垂下眼睛，淡淡说道：“右边。”

　　“嘀嘀——”

　　小电驴锁定的声音在夜晚显得分外清晰。

　　程燃搀着赵知著上楼。

　　“我到了。”赵知著停下来，看着程燃说，“今天谢了。”

　　“那有个事和你说一下。”程燃也难得正经起来。

　　“什么？”

　　“黄一祎那小姑娘看起来挺内向，今天的事情你别说出去。”

"我为什么要说出去？"赵知著差点笑出来。

　　"也对。"程燃煞有介事地点点头，凑近她说，"现在不仅载过还抱过，你应该不酸了。"

　　"……"

　　"砰"的一声开门关门一气呵成，连个再见也没给程燃留下。

　　程燃意料之中地笑了笑，轻快地跑下楼去——毕竟无意中听到了这样的秘辛，怎么好再收人家的车费，好在把赵知著给怼回去了。

　　在楼道口的时候，他仿佛是碰到了传说中的王桂英，他看了两眼这老太太，心里不知道在想些什么。

　　天空一片墨色，星朗月明。是一个人从七岁长到十七岁更孤独，还是住在不像亲人的亲人身边更孤独？

　　程燃抬头看过去，次卧的灯已经亮了起来，影影绰绰地倒映出书桌前执笔的身影。

　　他弯了弯眼睛，坐上车子，背对那个窗格挥了挥手，迎着夜风远去。

“唰唰唰——”

笔尖划动纸面的韵律传来。

“你听听，这声音多么悦耳。”游桃桃在自己的随身日历本上打叉，神情餍足得像刚嗑完“爱豆”。

赵知著：“……”

自从那天帮游桃桃解围后，赵知著陡然间又过上了和同学挽着手上厕所、结伴去食堂的日子，她俩几乎是形影不离。

一转眼高中已经过去了两个月，国庆结束后天气瞬间转凉，学校把空调全部关停。可食堂大锅里的食物不停地翻涌着热气，人声鼎沸间鼻头还能被沁出薄薄的汗珠。

赵知著把校服外套脱下来挂在一旁，问：“你为什么不过一天画一下？”

游桃桃说：“这你就不懂了，这和剥上一把瓜子一口吃是一样的道理，快乐加倍。”

大概念书时每个人都觉得度日如年，每天期盼着什么时候可以放假，什么时候可以不用再做作业考试，什么时候才能长大，自己决定自己的生活。

游桃桃作为全班倒数十名以内的常驻人员，更甚。

游桃桃看着一口气画掉的几十天日历满足地叹了口气。然而下一行十月二十八日的日期上圈着红圈的期中考标注尤其辣眼，她以九九八十一种的情绪之一重新叹了口气，决定眼不见为净，开始吃饭。

　　"牛肉吃不吃？"游桃桃献宝似的拿出她从家带来的保温桶，里头的菜式五花八门，全是她妈要家里的阿姨做的。

　　"吃。"赵知著很信得过游家阿姨的手艺，眼都没抬，只把餐盘推过去了事。

　　游桃桃看着赵知著浑然忘我地盯着《高中数学精编》的样子，不知道怎的触动了她发奋的那根弦，竟然一边咬着筷子，一边打开手机单词软件开始背起单词来了。

　　可还没两分钟，反而是赵知著先想通了，从书本上把脸抬起来，问游桃桃："你说王可娴是不是赖上我了？"

　　王可娴学习刻苦，成绩也稳定，如果要说唯一的弱点应该就是英语了。而偏偏赵知著的英语成绩在全年级来说也是一骑绝尘，自然就被王可娴盯上了。

　　为了学习，王可娴可以一点不计前嫌，每天都守在赵知著桌前问问题。并且她不止一次发表过自己的愿望——要是每次都能坐在你旁边就好了。

　　赵知著打了个抖，还是别了吧……

　　"你怎么这么问？"游桃桃愣住。

　　"没事，我只是突然觉得我不能再学下去了，我恐惧王可娴跟着我选座位……"赵知著一边说着，一边把青椒扒拉开。

"王可娴跟着你选座位……"游桃桃咀嚼了片刻,终于反应过来,"你的意思是你这次期中考试名次可以超过她?"

"不然你以为我每天看书做题是白干的吗?"赵知著用一种看小傻瓜般爱怜的眼神看了游桃桃一眼。

"我的天……"游桃桃接受不了,"可她上次月考已经全班第五了啊。不是说越往上进步越难嘛,你怎么次次前进五名?"

"你认真听课多做点题也可以。"赵知著嘴上大公无私,可下手毫不手软——眼疾手快地从保温桶里捞了只鸡腿出来。

"啊!你又抢我的肉!"游桃桃的注意力瞬间被转移,扬起筷子就要虎口夺食。

"谁让你不赶紧吃!"

两人边抢边笑,推搡成一团。

龙溪一中秉承着所有公立高中的优良传统,考试不断。不过大考一学期也就那么几个,两次月考,外加一次期中一次期末。

开学还是十五名的赵知著,第一次月考就直接挺进了前十。而这次她告诉游桃桃她期中可能还要进前五名,游桃桃不可谓不吃惊。

但没人知道,赵知著从小学开始就一直是以全校第一的身份毕业的,现在不过是还在适应中……

回教室的时候,赵知著路过黑板旁张贴的入学水平考和第一次月考的排名表,瞥了一眼。程燃的大名明晃晃地挂在第一的位置。

每天不是兜风就是打游戏,他这个第一未免太轻松了。赵知著的笔杆子一念及此就忍不住跃跃欲试,誓要把他拉下来才开心。

午休的教室本该鸦雀无声,但高一的学生显然作业还不够多,精力旺盛，玩手机的、看小书的、低声讲闲话的，就是没几个睡觉的。

赵知著刚打算戴着耳机听 VOA，顺便整理整理化学笔记，就听到有人敲了敲门，接着把头探进来问："赵知著在吗？出来下，有老师找。"

月考后换了次座位，此时赵知著就坐在靠门的第二组。不用人转达，她自己听见后就起身走了出去。

在还没走出门前，她就有点疑惑，叫她出去的这人从没见过，应该是其他班。可韩娜因为是班主任所以只任教他们一个班的英语课，照理说不会让其他班的人来叫她。

抱着迟疑的态度出了教室，赵知著问："哪个老师找我？"

那个男生没说话，憋着笑，引着赵知著往前走了两步。她抬头一看，三四个男生拥簇着一个手里拿书的男生站着走廊上。

除了中间那个，其他几个人都是歪肩抖腿，校服也不好好穿的样子。

赵知著皱起眉，逐渐开始不耐烦。

"快说呀！"

"你说啊，怕什么！"看热闹不嫌事大的一群人拍着中间那个男生的肩怂恿道。

"什么事？"赵知著问那男生。

其实赵知著大概猜到了这是什么情况，但出于礼貌她还是象征性地问了问。

"没……没事。"那个男生一听赵知著跟他说话了就变得更不自然了，捏着书的手指紧张到青筋暴起，但由于肤色太黑，倒是看不出脸红的痕迹。

"你回去吧，没什么事……"

就在此时，程燃、秦天还有其他几个同班的男生打打闹闹地回来了。不知聊了什么话题，众人脸上都浮现出一副男生都懂的微笑表情。

　　他们刚吃饱饭回来，只想赶紧进教室歇着，无暇顾及走廊上这堆人在做什么。只有程燃，状若无意地扫了一眼，看不出表情，没说什么，也跟着进去了。

　　见那哥们半天憋不出一个字，赵知著也就不顾及什么礼貌不礼貌了，转身回了教室。

　　午休过后，下午四节课，数学、政治两节连上。文理办公室的老师和提前约定过了似的，都给安排上了随堂测验，说是为了下周的期中考试做准备。

　　班里一片哀号连天。

　　考试清脑子，连着考一下午，大家都考蒙了。放学铃一响所有人飞也般地跑了出去，誓要吃点好的把脑子给补回来。

　　游桃桃要减肥，晚上不吃饭。赵知著也懒得去和男生抢饭吃，于是从桌肚里掏出自己囤的泡面，打算草草解决。

　　正好下午的考试给她查漏补缺了一下，发现三角函数这块她还有点绕，想趁着今晚再补补看。

　　【∵ α、β 是方程的相异解，

　　∴ $\sin \alpha + \sqrt{3} \cos \alpha + \alpha = 0$ ①

　　　　$\sin \beta + \sqrt{3} \cos \beta + \beta = 0$ ②

　　① - ②得——"】

差不多是晚自习开始前的半小时左右吧，赵知著正低头解题呢，突然一个风一样的影子从她身边掠过，伴随着某位同学的一声"欸，你是谁啊"。

她再一定睛，一杯粉了吧唧的草莓味全糖奶茶被放在了她桌上。

赵知著回头看过去，依稀认出是中午那个莫名其妙的男生。

"你干吗？拿回去。"赵知著出声拒绝。

那男生还是不说话，只把奶茶强硬地推到她面前，然后一溜烟跑了。

一而再再而三被打扰了多次的赵知著开始烦躁起来，好好一道题，思路就这样被中断。

班上其他人现在也反应过来这是什么意思了，窃窃私语地等着看热闹。

"啧。"赵知著看着这甜腻腻的粉色有点犯恶心，她皱着眉站起身来，本想直接扔进垃圾桶，可偏偏值日生又把桶拿走了。

她只能忍受这东西继续在桌子上摆着。

赵知著懒得管这些事，重新坐下去解题。

但没过几分钟，又有人过来了——是中午骗她出去的那个男生。他大摇大摆地晃进教室，停在赵知著面前，用手指敲着她的桌子说道："哟，你还没喝啊。赶紧喝了，是我兄弟的一片心意！"

赵知著抬头看了看，走廊外还挤着中午那群人呢，卷袖子开拉链的，好似赵知著如果不同意就要立马进来打人一样。

先逼你喝，然后自动默认你答应了。

都什么年代了，还玩这种把戏。

赵知著脸上波澜不惊，站起身来插吸管。

那人看着她的动作，脸上浮出略带欣慰的惊喜，可能觉得这小姑娘还挺识趣的。

赵知著一边插吸管一边问："嘿，你叫什么名字啊？"

铁憨憨觉得自己办成了大事，扬扬自得，张嘴就来："老子——"

说时迟那时快，他刚一张嘴，赵知著就举着奶茶把吸管捅进了他嘴里。

全场震惊。

没想到，这操作真是没想到。

被他噘过了的奶茶怎么着也不能再逼赵知著收下，铁憨憨愣在当场，一时间都不知道该干吗了。

赵知著开口："拿着奶茶走吧，以后别再来了。"

铁憨憨愣愣地接过奶茶，半天才反应过来，重新端起架子，拍桌大喊道："你知道……"

"不知道，也什么都不想知道。"赵知著又把人家的发言给堵回去了，"别再打扰我学习，滚吧。"

虽然她语气淡淡的，但让现场的人都叹为观止——牛！

教室外的走廊角落里，程燃看着第二十八次给他递粉色小信封的女生，手插在口袋里根本没有要接的意思。他只是弯着腰小声地和人家说："里面的事情都看到了吧？"

"嗯……"女生不懂他什么意思，只乖乖地点头。

这个女生是高一四班的，在军训的时候就盯上了程燃，此后以每两天一封书信的速度，时时刻刻，无孔不入地拦截程燃。

"我们班的人就是这么好学。"程燃徐徐道来，"你最好也别打扰我学习，不然……我可能不能保证你的信会突然出现在哪里哦。"

程燃笑眼弯弯，但把人家小姑娘吓得不轻。

三秒过后，女生转身就跑。

程燃长舒了一口气。

天下苦情久矣。此役一过，一班"赵氏无情"和"程派冷血"的名号顿时响彻江湖，无人不闻风丧胆。

好歹这事没捅到老师那儿去，转眼就是十月二十八日，那天下了一场雨，天又更冷了些。期中考试如约而至，大家纷纷穿上肥大的校服外套，毕竟除了保暖一绝，藏小抄也是一绝。

不管其他人的成绩几分真几分假，赵知著只是照常稳定发挥。

在这个萧瑟凋零的天气下，王桂英二老却喜出望外，一放下电话就火急火燎地收拾细软奔往火车站去S市——钱晓丽肚子里的孩子，出生了。

赵知著考完试回到家，空无一人。她爷爷在饭桌上给她留了张字条就算是交代。

天气随着降雨陡然变冷，赵知著觉得自己大概是着凉了，还没洗漱就躺在床上昏昏沉沉地睡了过去。

再一醒来已经是第二天的下午四点，依然是一个雨天。灰蒙蒙的冷光从窗帘里透进来，凉意丛生。

手机用最后一点电量在耳机里放着歌，赵知著看到赵保刚一连发了好几条朋友圈，抱着一个软乎乎皱巴巴看不清五官的孩子笑得无比开怀，背景里是钱晓丽疲惫又满足的脸，还有兵荒马乱的生活用品和爷爷奶奶。

多和谐的一家啊。

耳机里传来王菲唱的歌：背影是真的，人是假的，没什么执着。一百年后，没有你，也没有我。

"也许……"赵知著在心里对妈妈说，"也许他们并不坏，只是我们选错了家人吧。"

接下来的一段时间还是赵知著独自在家，王桂英二老则留在 S 市照顾钱晓丽母子坐月子。她倒觉得无所谓，反正一日三餐是在学校解决，那里只是用来睡个觉。

期中考试大部分人的成绩不佳，韩娜一下子收紧管理，班上同学顿时叫苦连天，每天早上提前来教室补作业的人都多了一半。

"我去，我的物理报纸谁拿了？！"龙小侃翻遍整个桌肚和左邻右舍后拍案而起。

"在我这儿，在我这儿！等一下，马上就抄完了！"隔了三个组的同学头也不抬地举手。

"怎么传到那里去了……"

"快点快点，地理卷子，我要去办公室了啊，还有谁没交？"

……

赵知著、程燃等各科的课代表都举着待交的作业站在教室里等着，仿佛群众眼里的催命阎王。

程燃站在赵知著旁边，边等着收作业，边低着头盯手机。

他也没特意遮挡，赵知著一瞥就看见了内容——应该是手机订阅的什么英文报刊，只见程燃的目光一直久久停留在"Consumers look for the best rate of interest on their savings"这句话上，皱着眉，有点想不通的样子。

赵知著笑了，侧身和程燃说："这里的 interest 不是兴趣的意思，是利率。大部分人都不知道，你不知道也很正常。"

两人旁边正在疯狂赶作业的秦天听到后没忍住笑了一下，他在游戏里老是被程燃压一头，现在看程燃吃瘪比赢了比赛还爽。

程燃视线从秦天头上扫过，然后放下手机笑眯眯地对赵知著说："不愧是我们英语满分的课代表啊。"

赵知著还没做出回应，程燃又叹了口气："只可惜英语都打满分了总分还是比我少了二十。"

赵知著翻了个白眼，像只高贵冷艳的安哥拉猫，一伸手就把秦天桌上的英语作业连根拔起，没好气道："别抄了，抄完也考不到第一。"

秦天蒙了，看着还没写完的作业离他远去，然后满腔震惊委屈化作怒火，向程燃发射了一个绵长又幽怨的眼神。

程燃抖了满地鸡皮疙瘩，一巴掌糊到秦天脸上，说："别看了，早读。"

周五的课大家都上得激情飞扬，眼角眉梢里都按捺不住对自由的向往。通常你能根据这种眼神里的渴望程度，分辨出哪些是住宿生哪些是走读生。

周五晚上不设晚自习，而下午的最后一节课往往是班主任的课，讲课班会两不误。

"赵知著、程燃，你们俩跟我来一下。"下课铃一响，韩娜就停讲了。她把资料在桌上立整齐，一手端着杯子，一手抱着书出了教室。

如果是往常大家可能还会好奇一下，但现在，所有人的心思都放在周末上，没人愿意理会班主任喊他们过去是为了布置作业还是干别的，拎起早就收拾好的书包一拥而出。

赵知著和程燃穿梭在放学的人流里，跟着韩娜去了高一年级组的办公室。

韩娜从抽屉里拿出一沓卷子，说："这是语文课代表李向阳的期中考试卷，还有这周各科的作业。他从考完期中就给我打电话请假，这都一个星期了还没回来上课，我放心不下。你们去给他送卷子，顺便看看怎么回事。"

"好。"赵知著接下卷子。

"李向阳家住在南楼街183号。程燃知道在哪儿吧？"韩娜问。

"知道。"程燃点点头。

吩咐完毕，韩娜摆摆手示意他们可以走了，而她依然留在办公室整理东西。

"燃哥！怎么了？娜姐找你们干吗？"他们一出办公室，秦天就冲过来一通问。

游桃桃也在外面等着赵知著。

他们边走回教室收拾东西，边把事情说了一下。

于是四个人一合计，决定干脆一起去算了，正好是周五，可以光明正大地转几圈不回家。

"下一站，五金商城。请要下车的乘客提前……"

"到了，别玩了。"程燃踢踢秦天的脚。

"好好，我知道了。"秦天一边目不转睛地盯着手机一边起身，紧张地大叫，"我去，快点油桃，给我送点精力！"

仅仅是坐个公交车的时间，秦天也给人取了个外号。好在游桃桃脾气好，不仅无所谓他怎么叫，而且还挺捧场，回复道："马上！你别急……"

　　赵知著无语："你俩玩个'消消乐'怎么比人家打 SC 还紧张。"

　　四个人说话间下了车。

　　程燃看了看站口的路牌，说："到了，旁边这条街就是南楼街。"

　　也许是挨着五金商城的缘故，这里不仅尘土飞扬，连空气里都弥漫着金属粉末的味道。南楼街两旁也是一整排矮平的店铺，没怎么装修过，大多都是卷帘门配着统一印制的蓝红招牌，卖卖五金配件或者维修回收二手电器。再往里走才渐渐有了些居民区，四五层的老房子，就盖在那一排店面的楼上。

　　整个街道狭小又封闭，住宅窗外伸出来的长衣架互相交错着，把天空割得四分五裂。

　　"180……183 号……可这是个小卖部啊？"秦天念念有词，充满疑惑。

　　他们四个人站在南楼街 183 号门口，还有点没反应过来。

　　"是不是在楼上？"游桃桃抬头往上看。

　　"那怎么上去？"秦天问。

　　"进去问问吧。"程燃说。

　　阳光便民批发超市，说是超市，其实就是个里头黑黢黢的小卖部。货架上的大部分东西都是廉价的三无产品，种类却很齐全，粮油烟酒、锅碗瓢盆什么都有卖。

　　门前还有一大摊积在地上的深色油渍，和一些桌椅摆放过的痕迹，一看就是日积月累才留下的。可能除了卖货之余，这里的老板还会做些快餐生意。

"老板在吗，口香糖有没有？"程燃、赵知著他们借着买东西的由头朝里面喊。

"有——你等我一下！"房子深处那一片黑暗中传来一个年轻男孩的声音，紧接着就是乒乒乓乓的一阵响，听着就显笨拙。

没过两秒，果然是李向阳掀开门帘走了出来。

众人一片呆，全都陷入了尴尬中。

还是李向阳先推了推眼镜，一脸疑惑地问："你们……来买口香糖？"

"你这次期中考已经掉到全班第四了。"赵知著面无表情地开口，从包里掏出一沓卷子递给李向阳。

"我知道。"李向阳接过卷子低着头，"韩老师让你们来的？"

"嗯。准确来说是我和程燃。"

迎着李向阳的目光，秦天摸着脑袋礼貌又不失尴尬地咧嘴一笑。

似乎是猜到了他们的不自在，李向阳打开收银台旁边的透明置物罐，问："口香糖要蓝莓口味，还是薄荷口味？"

"蓝莓吧。"游桃桃认真地回答。

李向阳随着话音朝游桃桃看过去，日落前的光一半照进店门一半留在外面，却刚刚好触碰到了女孩的衣角发梢。

齐整的短发闪着绸缎般的光泽，一看就是精心护理过的模样。书包上挂着一个毛球在暖色的阳光中跳跃，即使是他这种除了自己座位哪儿也不去的人，也听班级女生讨论过这个看似平常的挂饰其实是四位数起步。但她偏偏一点也不张牙舞爪，整个人就像她的名字一样，甜腻、柔软、水光淋漓。

李向阳慌乱地将口香糖丢进游桃桃的掌心，生怕触碰到她的皮肤。

儿子出去收钱耗了这么久，内间的女人着急了，喊道："阳阳，怎么了？"

"没事，妈。"李向阳回头答道，"我同学来了——"

"我妈生病了。"没什么好隐瞒，他们肯定也是带着班主任的任务来的，李向阳就直接说了。

"严重吗？"赵知著问。

"也没什么，就是常年劳累，腰椎受损了起不来床。"李向阳把卷子理了理，放在柜台上，"已经开了药，我时不时再给我妈热敷下，估计过几天就好了。"

众人皱皱眉，高中的年纪大家也不是什么都不懂，这其实就是个治标不治本的法子。但看起来这好像就是李向阳的家，一半店面一半住宅，孤儿寡母。要是再说什么多休养的话简直就是何不食肉糜了。

于是众口缄默，程燃和赵知著识趣地开始给李向阳讲卷子和他落下的作业内容。

夕阳一寸一寸递减，速度快得惊人。深秋的夜色总是伴着生硬的凉风袭来，李向阳跑去把店里的白炽灯打开，还没等众人挥手再见，门口由远及近地响起一阵嚣张的涡轮轰鸣声。

所有人都朝店外看过去，只有李向阳微不可察地叹了口气，一下就猜到来的是谁。

来人不过一米七上下的身高，干瘦干瘦的，顶着一撮尖尖的黄毛。

大花夹克、小脚紧身牛仔裤、外加娘炮一脚蹬。他也不戴头盔，直接熟练地从摩托上跳下来，然后二五八万地摆进店里来。

"给哥拿包烟！"

看来是常客了，李向阳死死地驻守在柜台里回答道："勇子哥，店里没芙蓉王了……"

"那就来两包利群嘛！快点！"说着，这瘦黄毛又从货架上薅了两桶泡面、几包凤爪还有几瓶啤酒。

"一共八十九块六，六毛就算了，哥你看你是扫码还是……"李向阳迅速地就算出了价格。

程燃和赵知著自诩不如他，暗自震惊。

"哥最近手头紧，先记账啊！"瘦黄毛边说边抱着东西就想走，却没想到被李向阳一把抓住了袖子。

"勇子哥，你已经欠了小一千了。你看，我妈最近病了，大家都不容易，不然……你先还一点？"李向阳抓得紧紧的，没松手。

"嗬！"瘦黄毛有点吃惊，这才顺带看了眼和李向阳站在一起的几个学生。

也许是校服眼熟，瘦黄毛一看就懂了，歪嘴斜眉一抬："我说你小子今天胆子这么大呢，原来同学在啊。"

他顿了两秒，不知是不是真的顾及程燃和秦天两个大小伙子，倒是能进能退，从兜里摸出两张大票往柜台上一拍，视线逡巡着他们五个人，流里流气道："行，今天就算是哥给这两个小美女一个面子。两百不找了，划账！"

"哎！好的，勇子哥慢走！"

几人倒是没想到班里稳重持正的学霸李向阳也有这么油滑老练的

时候。只是家境优渥的两个女生哪面对过这个，游桃桃面色难堪地用脚尖蹭着地，赵知著神色无常，但是拳头暗自一捏竟然捏出了噼里啪啦的声响。

站在赵知著旁边的程燃惊愕地瞥了一眼。

怕不是个练家子哦。

李向阳倒是不卑不亢，大大方方地承认了："不好意思今天确实利用了你们，谢谢。但是以后你们也少来南楼街吧，别被他们招惹上。"

大概是马仔电影看多了，秦天比李向阳还激动："那你多想了，你不知道我们燃哥的武力值！初中时有一次有个班的人因为篮球比赛打输了怀恨在心，几个人就把燃哥堵在校外，结果反而被燃哥一个人打哭了，哈哈哈哈哈哈！"

"……"众人一脸尴尬。

还是李向阳识趣，赶紧说："你们吃饭了没？我请你们吃饭吧。"于是捏着那刚收回来的两百块钱要带他们走。

程燃、赵知著他们正想拒绝，没想到李向阳反而停下了脚步，低头看着这两张大票，说："对不起，这饭可能请不了了……"

"怎么了？"秦天忙不迭问。

"这钱，是假的。"

白炽当月光，热血做长剑。顿时这个不过十来平方米的破旧小超市里风起云涌，决定和动作都在一瞬间，程燃、赵知著、秦天夺门而出，他们抢过隔壁汽修店老板刚修好的电摩翻身跃上，像月光下策马的孤胆剑客，从茂林修竹到大漠孤烟只为赴一个约。古往今来，这是只有少年们才会有的坦诚。

车子嘶鸣着飞驰而去，汽修店老板瞠目结舌呼天抢地，游桃桃掏出自己的小牛皮定制钱夹，压下一沓粉币，施施然道："摩托抵押。"

老板顿时哑火，伸手就要接，可游桃桃眼疾手快地一收，说："车子要是坏了再给你。"

李向阳呆呆地看着一切，自觉相形见绌，只觉得被五金重械压得死气沉沉的南楼街仿佛就此破开了一个口子。其实二十年前它还不是一条偏远的路，在这排满了大大小小的舞厅游戏厅，还有一座批发商城。

好在青春生猛又苍翠，将街上无处不在的嘶嘶焊接声重新定格成为光辉岁月。

"在那儿！在那儿！"

程燃骑车，赵知著坐后头，秦天只好被迫缩在了程燃胸前。深秋的风刮得秦天脸皮激荡，但他眼睛还是好使的，一眼就看到了前面那个烧烤摊子上坐着撸串的就是瘦黄毛。

"骗子还钱！"三人跳下车朝瘦黄毛包围，秦天脾气浮躁，直接当着所有人的面大喊，"这人买东西用假钞！你们都别管啊！"

吓得老板赶紧低头拉抽屉检查钱的真伪。

瘦黄毛没想到他们这么快就发现了，并且还有胆敢追过来，啐了一声。然而他现在势单力孤，只能走为上策。

他本想赶紧骑上摩托溜之大吉，没想到赵知著早就料到，早早堵在了车子前面。瘦黄毛本来不想和女生动手，但这姑娘眼神过于凌厉，高高在上得让他有些烦躁："让开！"

"还钱！"赵知著毫不示弱。

瘦黄毛终于怒了，伸手推了过去。

　　赵知著从小跟着外公身边的副官们学防身术，让她打比赛她不行，自保却是一点问题都没有。

　　见那瘦黄毛伸出手来，赵知著立马矮身一躲。可身后的程燃和秦天不知情，三两步地冲上去直接对着瘦黄毛耳后就是一拳。

　　瘦黄毛突然遇袭，跟跄了几步，回过头来，终于没再拿这几个人当学生看，表情也凶神恶煞起来。

　　他歪头龇着一口凹凸不平的黄牙摸了摸刚刚被打的地方，要朝他们逼近。

　　三人站在一起，紧张地盯着瘦黄毛。

　　都已经蓄势待发了，那瘦黄毛陡然一动，没有攻击反而转身逃跑了。

　　这操作真的惊到了秦天、赵知著、程燃三人，现在的混混业务能力都这么差了吗？但他们也没多想，赶紧追着他跑。

　　"老大，救命啊！"瘦黄毛一边跑一边打电话，都快带着哭腔了，"我在……我在金宝饭店这边，快来啊！"

　　那瘦黄毛大概真的是慌不择路了，明明是他自己的地盘，竟然被追得绕圈圈，进了个死胡同。

　　这应该是哪个饭店的后面，到处是装厨余垃圾的桶，好在已经不是夏天，味道不至于太难闻。

　　黑灯瞎火的，只有远处的一点灯光就着月色。瘦黄毛像一只油光水滑的黄鼠狼抱着头蹲在地上："别打，别打啊！"

　　"我们其实是好学生，一般不打架。"程燃揣着裤兜眉目淡然，言之凿凿，和善得像年画娃娃。

"我去你的好学生……"瘦黄毛敢怒不敢言，依然抱着头小声吐槽。

"但你不仅欠债不还，还用假钞糊弄人，过分了吧。"程燃这懒洋洋的语调，令赵知著注目。她想到了第一天在汽车站见到程燃的时候，他也是这样的漫不经心，好像天不怕地不怕。

"用假钞是犯法的你知道吗？"赵知著也淡淡地说，"根据《中华人民共和国刑法》第一百三十四条，知情者持有、使用伪造的货币，数额较大者，处三年以下有期徒刑并处一万以上十万以下罚金。"

程燃和秦天"唰"地一左一右向赵知著看去——这你也知道！

赵知著对他们使了个眼神，让他们淡定，捂着嘴小声说："我编的。不过是真的违法。"

哦。程燃和秦天收回表情，重新正色。秦天挠头：霸气的话都让你们说完了，那我说啥？

于是他只能说说马仔台词，中气十足地复述一遍："听到了吗！还不赶紧还钱！"

"好好好，还还还！"

"不知道我朱浩的小弟犯了什么事，劳你们三位管教啊——"一道沙哑的烟嗓突然在他们身后响起。

"老大！"秦天、赵知著、程燃三人还没来得及转身，瘦黄毛就撕心裂肺地哭了，瞬间投入他们队伍的怀抱。

一二三，四五六，七八九。

就连秦天这种数学学渣都数清了对方几个人。众人僵持之际，秦天突然朝他们老大扑了过去，死死地抱住对方，并喊道："燃哥你们快跑！"

牵一发而动全身，这一招呼，群战莫名其妙就开始了。

要说打架，程燃和秦天个个一米八几，营养比这些混混是好多了，自然不怕。而赵知著终于有机会用上长辈教的防身术，一时之间反而没人近得了身。

大概混混也有混混的尊严，不屑和女生动真格的，于是围住程燃和秦天二人厮打。

好在秦天和程燃明白擒贼先擒王，死死地拖住他们老大不放，这群混混投鼠忌器，还真不好下手。

朱浩疯狂地想甩下他们，却没想到把秦天脖子上的项链甩了出来，金镶玉，在月光下闪着莹润的光。

"都别动！"

老大突然发话了，本就不知道怎么下手的混混们立马识趣地放下拳头。

他定定地盯着秦天问："你叫什么名字？"

"秦天。干吗？打不过我让我等着啊？"

朱浩严肃地问："是一柱擎天的那个天吗？"

"是天空的天！"

"那是同一个字。"赵知著拆台。

"你，认不认识秦梦？"朱浩问。

"你提我姐干吗？"秦天以为朱浩要打击报复，立马就急了。

"弟弟？"那老大激动地回抱住了秦天，"梦姐的弟弟就是我的弟弟！"

什么鬼？

众人一脸蒙——两大阵营的人都统一了表情。

秦天被恶寒得撒了手。

"孙小勇！"朱浩开始点名道姓了。

"到……"

"让你欠钱！让你欠钱！还用假钞！啊？"男人毫不手软，一掌一掌地往瘦黄毛脑袋上呼过去。

大家都知道也就走个过场而已，但偏偏这瘦黄毛过于娇弱，被打得嗷嗷叫，听起来惨绝人寰，终于把人家饭店老板给惊动了。

"到底是谁在我的店后面搞事？"后门一开，数个手电筒直直地照射过来。

"汪汪汪！"

"唔……汪！"

"咯咯哒、咕咕咕咕咯咯哒！"

金宝饭店的金宝胖子终于集结好人马，一鼓作气地开门见山，带着几个兄弟和几条大黄狗打开了门，他们后院圈养的鸡也趁此机会纷纷溜了出来。

在这紧张的对峙时刻，不知是谁突然凄厉地"嗷"了一嗓子，打破了这份平衡。

众人迷茫地回过头去。

两个少年少女贴紧墙根，死死地抓着对方的手和胳膊，恐惧得恨不得立马升天。

赵知著紧闭双眼："我怕狗……"

程燃面色铁青："我怕鸡……"

几秒过后，大家瞬间笑成一团，管他什么三七二十一的阵营过节。

月光下，老旧而又沾满陈年油烟的巷子里，十几个人济济一堂。大排档里的活色生香远远地飘过来，仿佛就着这闹剧炒了一大锅啼笑皆非的菜肴。

狗子四处乱撞，惊得老母鸡和小鸡崽们上蹿下跳。少年和少女迅速而又羞窘地离开对方濡湿的指尖。

两颗心登时乱成一团，鸡飞狗跳。

第五章

first love

起风

最后朱浩逼迫瘦黄毛把身上的钱都掏出来，加上手机里的余额，七凑八凑把欠李向阳家的九百四十一块八毛一起还了。

八九个撸着衣袖叼着烟的混子挤在南楼街 183 号前，但李向阳视若无睹，手指翻飞地数着钞票一脸淡定地划账，还十分大气地把那一块八的零头给抹了。

接着李向阳用这九百块钱给他妈妈请了个针灸师，两套流程下来人总算能下地了。

等到周一早上，李向阳也准时出现在教室。他们五个不动声色地对视了一眼，然后低眉垂眼，假咳忍笑。

李向阳习惯性地推了推鼻梁上的眼镜，第一次有了传说中的归属感。他尝试着去形容这种感觉，却满脑子的物化生，一会儿想到了"以太"，一会儿又想到了"胚胎"。

无法物化，又无法分割。

"这节课带上书，全部去实验室上课！"化学老师张大军一提裤腰带，满串的钥匙当啷作响。

"啊……"底下一瞬间有喜有愁。

"两人一组，自己把排名表掏出来看看自己的化学成绩，第一名和最后一名组队，以此类推哈！"

似乎是猜到底下一定会有人叽叽歪歪，张大军话音刚落就溜之大吉了。

　　赵知著一行五个人里，游桃桃是成绩最差的那个，数理化生成绩通常以个位数计。班上的人也心知肚明，她本来就考不上一中，能进一班全靠她爸砸钱。

　　对于化学老师这种组队方式，游桃桃表示很满意，她的成绩通常在倒数五名以内没跑，而前五名，基本上就是赵知著、程燃和李向阳轮流上下，怎么排她都不亏。

　　这回是她和李向阳组队。

　　"今天我们来做氢氧化亚铁的制备实验，把书翻到 139 面。"张大军站在实验室里指点江山，"这个实验考查的主要是置换反应和复分解反应，所以不会给你们提供硫酸亚铁溶液，自己生成啊。"

　　"你的书呢？"游桃桃看李向阳就带着一支笔，课本和实验记录本都没有，偷偷歪过身子去问他。

　　"忘家里了……"

　　他妈妈病了这么久，家里头肯定兵荒马乱的，游桃桃表示理解，把自己的书和本子推了过去，说："那你用我的吧，反正我也搞不懂。"

　　也不是第一次上实验课了，张大军没多说什么，直接让他们开始，自己就在周围走来走去。

　　白色絮状物在试管里逐渐成形，游桃桃惊奇地靠近观看，和李向阳几乎是头靠着头。

　　一股少女的甜香冲破各类化学试剂的生涩气味，萦绕在李向阳鼻尖，仿佛真的是一颗清甜多汁的水蜜桃。

李向阳僵硬着脖颈，心跳如雷击鼙鼓，整个人一激灵，手肘不小心撞落了什么东西。

"哐啷"一声响——在化学实验室里，任何一点异常的动静都会让人提心吊胆。所有人呼吸一滞，朝声源处看去。

好在虚惊一场，不过是李向阳那一桌不小心把空的试管架碰到了地上，塑料制品没破没碎，李向阳赶紧弯腰将它捡起来。

"怎么回事，做事情粗手粗脚的，如果把溶液碰倒了怎么办！"张大军快步走过去批评。

这一看，气更加不打一处来，张大军卷着书磕在桌子上问责："连书都没带全，啊？是谁没带，站起来。"

张大军此人，好的时候非常好，笑眯眯地和学生一块起哄；但凶起来的时候，反而比一直严词厉色的那类老师更让人畏惧。

李向阳从小品学兼优，什么时候领会过老师如此严肃的一面，当场愣了。游桃桃就不一样，她已经习惯了。

于是静默三秒后，她站了起来，打算救李向阳一次。她说："是我没带书。"

"游桃桃啊游桃桃！"张大军气得在原地转了几圈，"中考化学不及格，第一次月考 28 分，期中考 14 分，我没说错吧？看来你还嫌这分太高了是吧？"

"扑哧——"班上一定有人会在这时候小声笑出来。

李向阳终于回过神来，想起身辩解，但游桃桃眼疾脚快地踢了他一下，无声地阻止。

他竟然就没有再动作。

李向阳低着头沉默，他忽然有些厌弃这样的自己，不善言辞又怯懦，像穿梭于阴暗角落里的鼠类。

这样的情绪一直延续了一整天，中午秦天和程燃叫李向阳一起去食堂吃饭，他也恍若未闻，啃着早上剩下的大饼奋笔疾书，好像要把上周落下的功课百倍千倍地补回来。

"李向阳今天怎么了？"赵知著坐在食堂的长椅上问游桃桃。

"不知道啊……感觉他心不在焉的。"游桃桃弯腰喝了一口热汤，满足地眯起眼睛，"可能是担心他妈妈吧。"

游桃桃突然问："对了，我们为什么不和秦天他俩一块儿吃饭啊？"

"你确定，要和他们一起吃饭？"赵知著一挑眉，往男生聚集的那边指了指。

游桃桃顺着赵知著的筷子看过去，只见一群男生围在一起，你夹我的、我喝你的，狼吞虎咽，往往一抬头，自己盘子里的菜就空了。

她看了看自己爱桶里的可乐鸡翅、红烧小排、清炒虾仁，不由得打了个战，连忙摇头，然后得到了赵知著赏识的注目。

两个姑娘死死地护着这桶菜，肉比天大。

托那刚出生小孩的福，赵知著过了一整月独居的日子，学习效率突飞猛进。等到十一月底的二次月考成绩出来后，她已经紧紧咬着李向阳的分数排在全班第三，年级第六了。

于是新的一次排座位又将开始。李向阳还是老位置，秉承着三好学生的优良传统，笔笔直直地坐在正中间。程燃一般爱往后坐两排，在讲台左右两组里头挑。

至于赵知著嘛，高一一班众人已经懒得看了——肯定是离程燃要多远有多远。

大家手忙脚乱地搬座位，校服、作业和书本掉得到处都是，桌子凳子歪七扭八，闹哄哄一堂。

苍钟晚笑呵呵地抱着卷子站在门口等大家。大概所有班级的主科老师里都是语文老师的脾气最好，前提是不当班主任。

站了起码有五分钟，终于有学生看不下去了，催道："快点快点！苍老师已经来了！"

"苍苍竹林寺，杳杳钟声晚"，只可惜苍钟晚的名字起得再好也抵不过他姓一个"苍"。为什么大家从头到尾都老老实实地喊"苍老师"呢——答案你知我知大家知。

苍钟晚踩着他的老北京布鞋上讲台讲月考卷子，大半节课过去了还没讲完选择题。这也不怪他，他是那种能从字音字形讲到字的起源再讲到测字算命的人。

喜欢听他课的人很喜欢，不喜欢的人也就支着耳朵随便听一听。赵知著倒也说不上什么喜不喜欢，她只觉得这大好的时间用来听文史八卦有点太浪费，于是边听课边暗自做其他科的作业。

"有些同学啊，上语文课尽干别的去了，你们选择题都做对了？"苍钟晚突然话音一转，微笑着站在讲台上不动了。

赵知著尴尬地停下算题的笔，班上也传来窸窸窣窣掩盖"罪证"的动静。

"班上选择题全对的举个手。"苍钟晚把手臂支在保温杯盖上发问。

大家一头雾水，但还是陆陆续续举起手来。

苍钟晚看了看，笑了："还真都做对了。"他忽然又有些欣慰，"举手的同学在最后一节晚自习到我办公室来。"

　　大家面面相觑。

　　下课后，班上立马就唠开了。

　　"苍老师什么意思啊？不会要找我们麻烦吧，我刚刚确实在开小差来着……"

　　"那应该不可能，你没看举手的人里头还有李向阳、王可娴他们吗？"

　　"也对也对。"女孩拍拍胸脯，安慰自己，"这两人要是上课都不听了那真是太阳打西边出来了。"

　　……

　　比奇堡唠嗑大赛——

　　游桃桃："出现 jpg.@李向阳 语文课代表知不知道什么内幕消息？"

　　五人组谁也没离开座位，游桃桃坐在角落里低头发消息。那天吃饭的时候，他们拉了个群，至于为什么取了"比奇堡唠嗑大赛"这样一个群名，可能只是因为那天麦当劳送的小礼物是海绵宝宝吧。

　　李向阳："可能是语文基础知识竞赛。"

　　赵知著："全国的？"

　　程燃："全校的。"

　　赵知著："……"

　　但不论如何，当第二节晚自习的上课铃打响后，看着他们一个一个停下笔走出教室的身影，留下来的学渣们还是在心里默默地酸。

赵知著、程燃、李向阳、王可娴、黄一祎、宋奕，他们六人到了语文组办公室之后发现只有苍钟晚一个人在，啜着热茶竟然在看某宫斗大戏？

　　苍钟晚看人来了赶紧把手机一摁，把早就准备好的卷子抽出来，笑眯眯道："来了？坐坐坐，随便坐啊。"

　　苍钟晚将卷子一张一张发下去："先做套题再说。"

　　其他不知情的人一脸蒙——什么鬼，我们是过来罚做卷子的吗？

　　众人吐槽归吐槽，卷子还是乖乖地做。苍老师收集的题不多，十道选择，五道填空，虽然都不是课本上的知识，但在座各位都是拔尖的选手，二十来分钟后陆陆续续都交了卷。

　　这东西改起来快，苍钟晚就没让他们回去，打算当场出结果。

　　但其实大家都懒懒散散的，除了王可娴铆足了劲一定要做到最好，探头探脑地看苍钟晚批改。

　　"满分两个，程燃和赵知著。唉，我们课代表可惜了，填空题写错了一个字，不然也是满分。"苍钟晚叹了口气，"有些同学可能知道，我们学校呢，每届高一都要搞一个语文基础知识竞赛。鉴于总是有同学对语文不够重视，这次学校增加了奖励机制，比赛第一名的，发 800块奖金，免一年语文类教辅书费。"

　　"喔——"众人惊叹学校这次竟然这么"壕"。

　　"但每个班只能推一个人去比赛。"苍钟晚为难地挠挠稀疏的头发，对赵知著和程燃说，"你看看你们俩，谁比较感兴趣？"

　　赵知著想了想，发言："老师，我能和程燃单独说几句吗？"

　　苍钟晚挥挥手示意他们自便，反而是程燃有些惊愕地笑了下。

程燃揣着裤兜懒散地跟着赵知著走去了办公室角落，那边堆了几张废弃不用的办公桌，上面养着好几盆绿植，吊兰茂盛的长叶正好把他们挡住了大半。

　　"怎么了？你要是想去直接说就好了，我没什么意见。"程燃说。

　　"你觉得我缺这 800 块吗？"赵知著环着手臂回嘴，"不过我们不缺不代表别人也不缺。"说着她往另外那堆人那儿指了指。

　　程燃顺着赵知著的目光看去，只见王可娴正缠着苍老师看错题，其他人三三两两地聊天。

　　"你说王可娴？"程燃问。

　　赵知著翻了个白眼："我是说李向阳，他家的情况你也知道。"

　　程燃这才了悟地点点头："那你怎么说，直接让给李向阳的话，他反而不会去吧。"

　　"那就要你配合我了。"赵知著嫣然一笑。

　　接着没等程燃问怎么配合，赵知著突然就提高了音调，一招毙命："能不能全做对你心里没点数吗？不要以为你刚刚看我卷子我不知道。"

　　程燃瞪大双眼："？？？"

　　其余人像草丛里闻风而动的短尾矮袋鼠，迅速地支起耳朵转过头去，小小的眼睛，藏着大大的兴奋。

　　晚自习下课的铃声在此刻打响，悠扬的钢琴声也阻止不了大家看戏的热情，没一个人要着急回家，包括端着保温杯的苍钟晚。

　　好在程燃立马反应过来了，先是低头笑了一下，肩膀耸动。接着，他瞬间变脸，一把捏着赵知著拿着手机的左手扬了起来。

　　赵知著差点被他拽得跟跄起来。

　　"你又敢说你是自己做对的，手机里的搜索记录还没来得及删吧？”

赵知著怒瞪程燃一眼。

程燃没脸没皮地耸耸肩，用口型说："要黑一起黑。"

"哦——"远处同学传来统一的惊叹声——你看这个瓜，它又大又圆。

"这怎么还吵起来了？"苍钟晚纠结地挠挠头，手里的杯子拿起也不是，放下也不是。

"这不正常吗？他们俩本来关系就不好啊！"王可娴翻着白眼出来说话了。

"是吗？"苍钟晚回过头问其他人。

得到的是齐齐整整点头的小脑袋。

"哎呀，那看来是我不好。"苍老师无比自责，伸手赶这群看热闹的孩子走，"你们先回家吧啊，再晚没车了。"

其他几人只能一步三回头地离开。

"先别吵了，过来再说。"

苍钟晚正头疼怎么劝架呢，两小孩倒是和和睦睦地并肩走了出来，一个揣裤子口袋，一个揣衣服口袋。校服拉链拉到最顶上，盖住一半下巴，端的是一样的面无表情死鱼眼。

"苍老师，刚刚我俩演戏呢。"赵知著说。

"我猜到了。"苍钟晚叹了口气，"这题目你俩也没必要去抄答案。"

苍老师问："但我没懂你们干吗这样？"

赵知著看了一眼程燃，示意他来说。

"把这机会让给李向阳吧，学校今年的奖励机制对他帮助很大。"虽然程燃没有明说，但苍钟晚还是听懂了。

学生的家庭条件好不好，其实上课的时候多看看就能看出来。

"我懂了，我懂了。"苍钟晚拍拍程燃的肩，显然比较欣慰，"那到时候我就说你们争论不下，这个机会就顺延给课代表了好吧。"

但转念一想，还是不对啊！苍钟晚又问了："那为什么刚刚其他人都说你们关系不好？"

"没说错，本来就不好。"赵知著毫无感情地应道，向苍钟晚挥挥手转身就走。

程燃摸摸鼻子，无奈一笑，也和苍老师道了声再见，然后跟着走了。

回到教室，虽然灯还亮着，门也掩着，但已是人去楼空。

赵知著挑着要看的教辅书塞进书包里，转头却发现程燃已经挎着包倚在门口等她。

"带这么多书回去，你不打算睡觉了？"看着赵知著把资料一本一本往里塞，程燃没忍住还是问了。

"你管我。"赵知著瞥了他一眼。

程燃立马举起手投降，说："好，知道了，我们关系不好。"心里却紧接着死亡发言——那也没见你朋友圈把我屏蔽啊。

门窗和顶灯都关上，他们离开寂静无声的走廊。高三年级朦胧的灯光穿过书堆和窗格照射下来，赵知著小心翼翼地踩过一地光影斑驳又凹凸不平的圆形石砖。

十一月底的空气里已经隐隐有了寒冷的味道，程燃突然停下脚步，扯住赵知著的手腕，把她牵到了自己的左边。他看着深深的夜空轻声开口："要起风了。"

赵知著一愣："你怎么知道？"

程燃转过头来微微一笑，没有说话。

风就在这时从天空席卷而来，穿过稀疏的树叶和楼房的间隙。还是很冷，虽然没有呼号大作，但赵知著还是起了一胳膊鸡皮疙瘩。

好在程燃及时帮赵知著挡住了大半。

他大概一学期只剪一次头，开学时的寸发如今已经拂过耳尖，风卷着他的头发盖住了小半张脸。

赵知著忽然就懂了网红拍照为什么都要挡脸，因为，是真帅啊！

只是心跳得有多快，语气就有多平淡。赵知著面无表情的人设牢不可破："走了，再晚没车了。"

程燃咧嘴一笑，巴巴地跟上，谁不知道去滨江花园的中心6路是半夜三点才停运，只有去地质队宿舍大院的3路车，才最晚只到十点呢。

"小张，小张，就放在这里吧！"

外头像是有一堆人拥进门一样，乒乒乓乓一阵响，赵知著费劲地皱眉将眼皮微微撑开，窗帘缝外还是黑漆漆一片，怕是还不到早上六点。

她昨天看书看得有点晚，拢共没睡够五个小时，于是唔囔一声翻身把自己蒙在被子里，懒得搭理。

"哎呀！冲冲能干净吗，你得用开水烫啊！"王桂英的嗓门大得吓人，穿破客厅、房门和棉被直达赵知著耳里。

一而再再而三，赵知著败下阵来。她认命地穿上衣服梳好头走出去，刚推开门，一阵婴儿尖锐的哭声便响了起来，她整个愣住了——早起使人迟钝。

赵知著看着客厅里堆成小山的奶粉尿裤还是没反应过来，直到张叔搬着东西上来看到她打招呼："知著还在啊，快来看看你弟弟。"

张叔是赵保刚多年的司机，以前也经常接送赵知著，算是熟悉。

赵知著僵硬地走到沙发边，王桂英膝头倒扣着一个小婴儿，包裹得严严实实，正发出魔音穿耳的哭叫。

王桂英解下他的纸尿裤，里头兜着一包排泄物。

大早上猛不丁视觉嗅觉双重刺激，赵知著有点反胃。她赶紧打完招呼就拎着书包出门上学去了。

于是她满脑袋对这个所谓的弟弟的第一印象，只有可以震翻屋顶的哭声和粘着屎的两片屁股蛋子。

赵知著的今天，从吃不下早饭开始。

大概是没吃早餐又没睡够，赵知著一天下来脸色冷得吓人，连游桃桃都没敢和她多说话。晚自习下课铃一响，众人归心似箭，只有赵知著不紧不慢地翻着书，能多待在教室一会儿是一会儿，直到她把这张物理期末卷做完才走。

化学导学训练、地理试卷两张、语文古诗文阅读专辑……赵知著将资料一本一本往包里放，突然，她好像想到了什么，烦躁地"啧"了一声，把包里的英语阅读精读和其中的一张地理试卷又挑了出来。

后来事实证明她这个举动确实是对的。

"哎哟哎哟，宝贝孙子不哭哦——"那孩子不知怎的又哭了起来，王桂英赶忙一边抱起来哄，一边又开始吩咐赵知著跑腿，"那谁！快出来给你弟弟打热水洗个脸！"

"……"赵知著都懒得吱声了，麻木地起身去卫生间倒热水。

黄色的毛巾洗脸、蓝色的毛巾擦身、泰迪熊的盆子洗衣服、小猪佩奇的盆子洗澡——短短一个晚上，赵知著已经门儿清。

估计再过不久她就能泡奶粉、换尿布十项全能了。

赵子轩——哦，是赵知著那便宜弟弟的名字——继撒尿、喝奶、数次无理由惊醒之后，终于又折腾起来了，这次是吐奶。

等赵知著把小毛巾重新挂好回到房间拿起笔的时候，发现手机二十分钟的阅读理解倒计时早已结束，题却还空着大半。

闹钟的指针已经缓缓转向十二点整，赵知著看看作业又看看床铺，苦笑了一下。

看来这几本书都还带多了啊。

随着高一第一学期期末的临近，天越来越冷，在南方，一月份才算是真正的冬天。

教室里的暖气开得足足的，但每个人的椅背上还是挂着一件厚厚的大外套，即便是去走廊尽头的卫生间也得披着。

"呼呼呼……好冷好冷！"秦天揣着手狂奔进教室来，脸和耳朵都被冻得通红。

他一把撞开的教室门让冰冷的空气顿时涌入，坐在门边的女生暗自瞪了他一眼。

但秦天显然顾不上这些，着急忙慌地向自己弟兄们报告："外面好像下雪了！"

霎时，教室里沸反盈天。

"什么什么？"

"我看看，让我看看！"

一堆人往窗户处挤，也有人直接就出门跑到走廊上探出手感受。

当真是在下雪，肉眼可见的细小雪花缓慢地从天空飘下来，只是落到地上就化了，不注意还以为只是在下雨。

"哇——龙溪好几年没下过雪了吧！"游桃桃激动死了，跑到赵知著座位前去把她摇醒，"别睡了别睡了，外面下雪了，出去看看？"

赵知著一脸茫然地从臂弯里把头抬起来，眼睛还半眯着呢，无精打采道："我不去了，你找秦天他们去吧，我再睡会儿。"

一个人去还是没什么意思，游桃桃只好百无聊赖地走回自己的座位，嘴里嘟囔着："赵知著怎么回事啊，这段时间每天逮着空就睡觉……"

程燃大概是听到了游桃桃的自言自语，停下手里算题的笔，抬头看了看赵知著。

她还是趴在桌子上睡觉，胳膊下还压着没来得及合上的课本。

这得有多困啊？

程燃皱皱眉，又重新低头写自己的作业去了。

雪断断续续下了一下午，但终究还是没积起来。连屋檐上都看不到白色，打雪仗什么的就更别想了。

虽然没有积雪，但道路被雪水浸染得湿滑难行。好在这是周五，高一高二本就是上完下午的课就回家，学校也担心学生们回家路上的安全问题，于是将高三的晚自习一并取消。

所以今天放学后校门口尤其拥挤。

全校的学生蜂拥而出，每个人都裹着蓬松宽大的棉袄羽绒服，脸都快埋进围巾里了。家长觉得坐公交或者骑车回家不安全，全部一股脑地开车来接孩子们，簇拥在校门口蹲守着自家孩子，翘首张望。

游桃桃早早就被她爸接走了，只剩赵知著一个人慢吞吞地走着。

程燃早就下定决心问问赵知著最近怎么了，于是也把秦天给打发走。

只是放学的人太多，程燃挤到现在也没挤到赵知著身边去，可又不好意思出声叫住她。

但程燃没想到，他不叫赵知著，反而有人叫住了她。

"知著！赵知著！"

赵知著还以为自己幻听了，狐疑地抬起头来，一眼就看到一个女人站在门卫室屋檐下朝她招手。

那女人穿着一件玫红色的大衣，帽子、围巾什么都没戴，嘴唇冻得青紫，憔悴得赵知著差点没认出来——钱晓丽，赵子轩的亲妈，她来干什么？

第六章

first love

隔墙

"找我有事？"赵知著搅着杯子里热气腾腾的阿华田问。

她带着钱晓丽去了一个离学校有些距离的商场，又选了一家学生不轻易消费的高级西餐厅，这才坐下来好好询问对方的来意。

在热饮和暖气的帮助下，钱晓丽的脸色好看了许多。她扣着杯柄，垂着眼睛支支吾吾，最终为难地开口："你可以……你可以让我见见子轩吗？"

赵知著一愣："你直接去就行了。你不知道我爷爷奶奶住哪儿，那你打电话问我爸也可以啊。"

没想到这话一出，钱晓丽也愣了，她试探地说："你不知道，我和你爸离婚了？"

钱晓丽看到赵知著眼里闪现的复杂神色，仿佛找到了这么些天以来的宣泄出口一般，都不用赵知著问为什么，她就倒豆子似的都说了出来。

"我后来才知道，在我怀子轩的时候，他们就勾搭上了。那女的比你爸年纪还大，也不知道看上了你爸什么，但你爸是看上了她的钱。她是个有钱的寡妇。"

说到这里，赵知著就已经懂了。赵保刚的公司年初的时候融资失败，现金流一下断掉，连支付她出国读书的钱都没了。可要是在这个时候来了一大笔钱，所有的燃眉之急都可以解决，公司也不用以破产而告终。

赵保刚当然不会放弃这么个机会。

"你爸逼我离婚。"钱晓丽继续说，"我本来不想离的，但他听了你奶奶的话，说——不离就打到我离。"她凄然一笑，把袖子挽上去，露出的手臂上青紫一片。

赵知著连呼吸都停顿了。

"我还是惜命的，就同意签字了。但我没想到他把子轩抢走了，连看都不让我看一眼！"说到孩子，这位初为母亲的女人就变得激动起来。

而赵知著面对这一切只觉得羞愧，她从来没想过自己所谓的这几个亲人，能丑恶到如此地步。

最终赵知著还是没有带钱晓丽到滨江花园去，她无暇卷进这场家庭纷争，也没有能力站在哪一边。

她只能经常拍拍那孩子的视频发给钱晓丽看，还给了钱晓丽一张名片。那是她外婆当年的学生，如今是一家律所的老板，她让钱晓丽去争取自己合法的探视权。

这已经是她能做到的全部了。

但这之后，赵知著在滨江花园的生活也更加难受起来，她好像忽然就理解了游桃桃画日历的道理。

一天下来怎么过的不重要，重要的是终于又挨过了一天。

挨着挨着还剩没几天就要期末考了，一想到考完试放寒假要每天24小时待在家，赵知著就坐立难安。

对于家里这摊子糟心事，赵知著严防死守，没告诉任何人一星半点。

但总是会被人找出蛛丝马迹——

王可娴过来还英语笔记的时候说："赵知著，你身上怎么一股奶孩子味啊？"

赵知著一噎，保持微笑："新款洗衣液的味道，有什么问题？"说着她扯过王可娴手里自己的英语笔记，"下次再废话就别想借了。"

原本站在旁边和赵知著闲聊的游桃桃瑟瑟发抖，她俯下身在赵知著耳边小声问："你前两周不是刚来姨妈吗？现在又来了？"

"……"

迟早被气死。

这时，即将早读迟到的秦天背着书包冲进了教室，从第一组蹿到最后一组，途中走位妖娆地经过赵知著、游桃桃、李向阳和程燃的面前，挤眉弄眼，示意他们赶紧看手机。

比奇堡唠嗑大赛——

秦天："我去！你们知道今天早上谁来我姐店里了吗！是朱浩！就是那个用假钞的瘦黄毛他老大！"

程燃："他来干吗，挑衅？"

秦天："那倒没有，他一来就喊姐，喊得比我还亲。"

众人："……"

今天不是英语早读，赵知著就没那么赶时间，踩着上课铃响才抱着作业去韩娜办公室，在教室门口差点和人撞了满怀。

那人裹着校服外套，头发都是乱七八糟的。小姑娘一边把撞歪的眼镜扶正，一边道歉："不好意思，不好意思啊……"

/ 094 /

"没事。"赵知著把高高的作业簿堆重新拢正，问她，"你刚睡醒？"

她不好意思地笑了笑，说："算是吧，吃完早点我又回宿舍睡了个回笼觉。"

一语惊醒梦中人，赵知著快步走去办公室。

韩娜正忙里偷闲，一边玩手机一边吃早点，在自家课代表面前也没什么好遮掩的，随口吩咐道："你先放在王老师办公桌上吧。"

但赵知著显然是还有事要说，放完作业后没有要走的迹象，韩娜终于侧过头来，问："怎么了？"

"韩老师……"赵知著说，"我想问一下，下学期我们班还有空余的住校名额吗？"

韩娜一怔，问："你想住校啊？你家住哪儿来着？哦，滨江花园，是有点远……"她一边说着，一边翻着班级花名册，"不过住校名额肯定是没有了。我们学校的宿舍楼本来也就只有这么两栋，都腾挪给县镇一级的同学住了。"

韩娜很热情地给赵知著提建议："你要是觉得住得远不方便的话，可以考虑在学校附近租个房子，光是咱们班就有好几个在旁边的学府佳苑租住的。可以和家长提提看。"

"谢谢老师，我考虑下，那我先回去早读了。"赵知著打了个招呼就回教室去。

学府佳苑？学区房一个月租金六七千，赵保刚会同意才有鬼，不过租房倒不是不可行。

一月二十号，大年三十的前三天，期末考试的成绩下来了，学校直接通过短信发送到学生和家长的手机上。

"哗——"的一声,此时赵知著正给小孩泡奶粉,加一点热水,又兑一点凉水,还得关注毫升量。

"赵知著,学号201XXXXX。语文:131分;数学:137分;英语:148分;物理:90分;化学:87分;生物:92分……综合总分936,班级排名第六,年级排名第十八。"

一个月,她从班上第三名掉到第六名,年级前五掉到前二十。

看着手上的奶瓶,她感觉一阵烦躁涌上心头。

赵知著把瓶子重重地放下——谁爱泡谁泡吧!又不是我儿子!

环顾着满屋子狼藉的婴幼儿用品,她突然委屈得想哭。

然后王桂英又开始了,她远程攻击:"牛奶呢?泡个奶那么久要饿死你弟弟啊!这么大人什么都不会做养你有什么用!"

"你自己去泡吧。"赵知著空着手走到客厅,平静地对王桂英说,"以后我也不泡了。洗毛巾、拖尿、倒水、烘衣服……和他有关的一切我都不做了。"

王桂英被惊到了,接着脸上就浮现起权威被挑战后的恼羞成怒。她随手抄起茶几上的塑料纸抽盒朝赵知著扔过去,尖叫道:"要死啊你!"

"啪——"的一声,盒子四分五裂。

虽然没扔中赵知著,但这力道是十成十的。她低头扯了扯嘴角,该庆幸纸抽盒旁边那个玻璃烟灰缸比较贵,王桂英没舍得扔吗?

"怎么了这是?"大门被打开,开门的人大概听到了这场战事的尾声,边进来边问。

赵知著还以为是她在外面喝茶的爷爷回来了，没想到是提着大包小包年货的赵保刚。

　　看见自己儿子回来了，王桂英忙不迭地告状："看看你养的这个冷血没人性的女儿吧！让她给子轩泡个奶就这副死样子！"

　　"哎呀，气归气，别砸东西啊。万一把电视砸坏了，还不是你心疼。"赵保刚把东西放在玄关地上，走过去把碎成几瓣的纸抽盒捡起来。

　　"呵。"赵知著真的是被气笑了。她现在终于懂了，这果然是能理直气壮地靠家暴来离婚的一家人啊。

　　"可不是，哪有什么比钱更重要。"赵知著破罐子破摔，讥讽道，"新老婆给了你多少钱？比我外公外婆当年给你创业的钱要多得多吧？"

　　这是赵保刚的软肋，要是没有那笔钱，现在他还不知道在哪个乡下打滚呢。大概越是真相就越想要遮掩，赵保刚生平最恨别人说他是靠女人起家。

　　果真是靠了一个又一个。

　　赵知著这话扎了赵保刚的心窝子，中年男人勃然大怒，顿时不管三七二十一给了自己女儿一巴掌。

　　男性的力道大得惊人，虽然不至于像影视剧里一样立马就嘴角流血，但半张脸也是肉眼可见地肿了起来。

　　赵知著什么都没说，只是冷冷地看了赵保刚一眼。

　　不知怎的，这眼神让赵保刚想起自己那个已经过世的首任岳父来。海军出身的男人，不怒自威，还有他身后那整整齐齐的下士们。

　　这是赵保刚唯一怕的人，一直后怕到了今天。

　　老人鹰隼般的目光遗传给了自己的亲外孙女，就这么一眼，竟然让赵保刚渗出了冷汗。

他赶紧说软话："你小孩子不懂，爸爸要钱都是为了你们姐弟俩。有了这笔钱，我们家公司就能起死回生，你不是想出国读书吗？明年……明年就可以出去了，或者你想在国内把高中读完再出去也可以。"

"为了我们？"赵知著笑了，"我小时候好歹还有妈妈，现在赵子轩连妈都看不到了，你是不是觉得钱可以代替一切？"

赵知著回忆起赵子轩刚出生时赵保刚发的那条朋友圈，那时候她还以为这个小孩会比她幸运，还以为他们对于别人来讲会是很好的家人。

可笑至极。

话一说出口，赵保刚立马就反应过来了，脸色一变问道："钱晓丽告诉你的？我就知道她没这么安分！你告诉她你弟弟住哪儿了？"

"没有。"

赵保刚刚想松一口气，赵知著紧接着就说："但我把梁凯叔叔的名片给了她，估计过完年你就会收到法院的传票了。"

"你简直……你简直就是吃里爬外！"赵保刚暴跳如雷。

"砰"的一声，那个玻璃烟灰缸还是没有逃过一劫，把地砖砸出丝丝裂缝，自己也分崩离析。

赵保刚指着大门朝赵知著吼道："这个年你也不要过了！你给我滚出去！"

赵知著反倒是越来越平静，她面无表情，不紧不慢地回到自己房间开始收拾东西。

来的时候只有一个箱子，半年过去了，依然还是一个箱子，只是外加了一书包的书而已。她把滨江花园的门钥匙当着他们的面放在了客厅餐桌上，然后打开门，头也不回地走了。

"全省发布寒潮红色预警：预计未来 24 小时，受冷空气东移影响，龙溪、宁州、瞿水等地最低气温可达 -8 ～ -10℃……"

接近年关，天是越来越冷。郭芬的老寒腿又开始隐隐作痛，她弯下腰来把脚下的小太阳取暖器开到最大档，暖黄的光照得她手里五颜六色的毛线团都成了一种颜色。

但总算好过了点。

新都大酒店是龙溪排得上前几名的大酒店了，只是随着城市化的发展，它逐渐远离了商圈，门庭又是在一条小路的后面，渐渐没了什么生意。

如果是年后，走亲访友的人还会来摆摆宴席，或者开几个房打牌，倒是挺热闹。但是这年前几天，的的确确冷清，连大街小巷过年放的音乐声都听不到。

郭芬还在琢磨着等会儿下班后再去哪儿买两袋年货的，门口却进来了一个人。

是个年轻的姑娘，穿着过膝的黑色羽绒服，披着长发。大大的帽子边围着一圈毛，衬得她脸极小。不仅如此，箱子、书包、连戴着的口罩都是黑的。只有露出的鼻梁和额头在一众深色里白得发光，饱满又秀挺。

她来到前台，掏出身份证对郭芬说："开一间有窗的大床房。"

郭芬麻利地给她办手续，专门挑了间设施都没什么大问题的房间给她。

这姑娘竟然还没成年，郭芬好奇地又往她等电梯的背影处看了看。

而且她摘下口罩人脸识别的时候，脸上那个红肿，分明是被人打的吧？

这么漂亮的小姑娘，谁舍得下这种黑手，造孽哦。

郭芬摇了摇头。

除了S市的那套房，杜欢颜留给女儿的钱其实并不多，自己和娘家的积蓄多半都用来治病了，即使加上从小给赵知著攒的学习基金也只有十来万。

赵知著一直都没用过。

但现在，她不得不用了。

赵知著坐在酒店的床上，一边感受久违的安静，一边在各类本地论坛上寻找租房信息。

第二天，大年二十九，前台值班的还是郭芬。她看着这小姑娘大早上就背着包出了门，直到晚上天快黑了才回来。

赵知著对郭芬说："阿姨，麻烦再给我续明天一晚的房间就好了。"

"明天就大年三十了，小姑娘不回家住啊？"郭芬应着，但还是没忍住问道。

"没关系，大年初一就可以回了。"她笑了笑，眼睛里终于有了些许亮光。

过年是不是还得买几根烟花啊，郭芬突然没来由地想到。

"刺啦刺啦……"

大年三十，不论谁家都是灯火通明。即使郭芬家只有他们老两口，还是要把年夜饭做得活色生香。

"就我们两个，别做那么多了。"郭芬的老伴在客厅朝她说道，"少做点放到茶几上，我们边看《春晚》边吃啊。"

"哎——"郭芬应道。

一道鱼，一盆红烧肉，一盘四喜丸子，一锅鸡汤，两碟凉拌小菜，两碗饺子。这就是老两口的年夜饭了。

老伴难得开心，说："今晚陪我喝两杯吧！"

"好。"郭芬只能依着他。

儿子远在国外有时差，只有明天一早才会打视频电话过来。这样两个人的年也过成习惯了。

最后一碗饺子上桌的时候，院子里还是有小孩没忍住偷偷放了烟花，小小地绽放在窗外。郭芬转身之际愣住了，她解下围裙把锅里剩下的饺子都倒进了保温桶，又往上层的菜碟里装了满满的一堆菜，紧紧盖上。

接着，她拎着保温桶，走到玄关把棉大衣裹上准备穿鞋。

"你去哪儿？"老伴问。

"我去酒店一趟，住了个小姑娘，一个怪可怜的，给她送顿年夜饭吧。"郭芬说。

"你呀……"老伴儿摇头叹叹气，把刚要喝的酒放下，站起身来。

"干吗？"郭芬笑问。

"电动车钥匙给我，我送你去。"

门铃被按响的时候，赵知著刚烧上要泡面的水。

门一开，是那个前台阿姨，她愣了愣，问："阿姨，怎么了？"

"新年好啊。你还没吃饭吧？今天大年三十，我们家人少，做多了吃不完，给你送一点来，不要嫌弃呀。"五十来岁的女人笑得温和又缓慢。

"拿着拿着。"郭芬把保温桶递到赵知著手里，"吃完了直接放在前台就好了。"

赵知著把保温桶放在小几上，打开盖子，满满的热气蒸腾上来，酒店的小顶灯昏黄不已，却把菜色照得流光溢彩。

烧好的开水不知什么时候慢慢冷却了，赵知著一口饺子硌了牙，吐出一颗浑圆带壳的小栗子来。

江南这边少部分地方有的传统，用坚硬的坚果来代替硬币，更干净些。总归都是一个祝福的意思。

赵知著吸了吸鼻子，将那颗栗子捡起来，咬开壳。半生不熟的栗仁咬起来卜卜脆，带着清甜和饺子的香味。

新都大酒店的住房楼层很高，往外看出去是万家灯火绚烂，与 S 市相比也毫不逊色。

赵知著对着落地窗上自己的影子笑了笑，说："祝我新年快乐。"

大年初一，程燃给自己定了个清早五点的闹钟。没办法，过年期间外卖不营业，只能自己动手开火。还要在无数赶早市的大妈大叔中杀出一条血路来，不然连根白菜都没得买。

早晨七点，他终于打着哈欠带着一大包的菜回来。

此时天才刚刚亮堂，但街上已经热闹开了。走亲访友的人络绎不绝，车声人声到处喜气洋洋。就连他们这平常无比冷清的地质勘查大院里都是花天锦地，一路走来程燃已经和七八个街坊邻居互道了"新年好"。

累得很。

程燃叹了口气，决定把帽子、围巾给戴上。

倒是没人再来打招呼，但是视线不清差点给摔了——他一声惊呼，长腿跨过家门口的楼梯间突然冒出来的扫把头。

隔壁廖姨家租出去了？

因为门开着，程燃没忍住好奇地往里头张望了一下。没看到人，只有一堆清出来的垃圾堆在门口，里面传来"唰唰"洗拖把的水声。

啧，没意思。程燃心想着转头便回了自己家。

农历新年的第一天，赵知著决定要万象更新。她早早地退了酒店房间，拿着昨天就交接好的房子钥匙，先把箱子什么的一并放好。

然后赶着人家开店的人做新年第一单生意开门红，讨个最大的折扣，把床单被褥、锅碗瓢盆、扫洒拖抹的日常家居品统统买好。

等她如火如荼地开始打扫房子时，才不过七点出头。

赵知著租的这个房子有好有不好，这个房子算是当年的单位分房，质量上很过关，据说是地质有关部门的公房。而且因为地质队的工作需要常年在外，整个小区住的人不多，非常安静——至少不会有广场舞音乐声。

但缺点是距离学校更远了，而且只能乘最挤的那趟3路公交车。

这么一说，程燃好像也是坐3路公交车？

赵知著擦着床头的手一僵，不会以后上学放学都要遇到他吧？早知道当初就应该让他骑着他的小摩托到天荒地老……

话说回来，赵知著能租到这个房子也实属巧合。这套房子比不上滨江花园的房子那么大，只有两室一厅，房东还把其中一室给锁了，说是里面一屋子书，都是她的宝贝。

因此，这说到底就变成了套一室一厅的房子。

在S市那样的地方一室一厅有多抢手，在龙溪就有多遭人嫌弃。小地方不然就是买房，如果要租，也必然是一大家子住进来。因此这套房子也一直没有租出去过，保留着原房东住过的痕迹。

赵知著倒是不嫌弃家具新旧，能用就行。只是她作为一个处女座丝毫不能忍受任何的陈年污渍，每一个角落都要重新洗刷。

到了要做劳动的时候赵知著才终于明白长头发是多大的累赘。从小到大只会梳马尾的赵知著甩甩自己举到酸涩的胳膊，终于决定放弃编发教程，破罐子破摔地把头发团到脑袋上就算完事。

吃过午饭，302号房乒乒乓乓的整理声又开始不绝于耳，隔壁的程燃想着，还没扫完？这是搬了多少东西来？

于是，他戴上耳机打了一下午游戏。

直到冬日暖阳逐渐西沉，温度随着光亮消逝而降低，程燃才意兴阑珊地退出游戏，摘下耳机一听，隔壁也已经回归沉寂。

手心全是捏着游戏手柄浸出的汗，一阵烦腻涌上心头，程燃决定去浴室洗个澡松泛一下。

等会儿把衣服晒了，再煮个米饭拌上中午剩的土豆牛腩，加点咖喱也不错……

程燃一边盘算着，一边把刚搓完的衣服拎出去。

阳台上的玻璃窗关得密不透风，但日暮时的天空还是大片大片地铺满视线，深深浅浅的粉紫色逐渐蚕食着余晖。

远处高矮层叠的楼房和划过天际的电线也慢慢变成剪影。

接着程燃转身抬头，一刹那，时间仿佛静止——他和赵知著隔着玻璃呆呆地对视，仿若两根定海神针。

　　他们一个穿着跨栏背心，手上拿着正要晾的黑色裤衩，没拧干的水珠顺着蜡笔小新露屁屁的印花图案往下滴；另一个套着土味满分的红色睡衣，脑袋上堆了四个乱七八糟的哪吒同款鬏鬏。

　　后来的后来，当程燃绞尽脑汁给赵知著写每年例行的卡片时，他忽然回忆起了这天，于是再一低头，墨色缓缓沁入纸间：

　　当我一岁时，黄昏是我一天中最焦虑的时刻；当我十岁时，黄昏是我一天中最快乐的时刻；而当我站在此时此地，黄昏是我一天中最寂静的时刻——静到仿佛在你的眼里看完了十六场日落。

下二十个吧。

赵知著望着锅里咕嘟咕嘟翻滚的沸水，在心里琢磨。倒出二十个饺子，半个袋子就空了，锅里的水也不叫沸腾了。

冰箱里几近空空，这点吃的看来根本撑不了多久，下午还得去超市一趟。

昨天做了一整天家务的赵知著累得不行，大中午起来都还没缓过来，又累又饿。她就着《老友记》下饭，风卷残云。二十个饺子的分量委实有点多，这一吃不仅不饿了，甚至还有点撑。

接着，赵知著久违地安安静静地做了两套题。她起身捏捏脖子，在客厅转了两圈，发现还不到下午五点，于是拿了钥匙准备出门。

一个人逛超市简直不要太爽，想拿什么拿什么，想逛多久逛多久。本来赵知著没想买太多的，奈何架不住年货促销，七七八八一堆竟然也买了两三百。

甚至出门的时候她没忍住还去 KFC 转了一圈。

当然这样毫无节制的后果就是差点累死在从公交站台回小区的路上。赵知著从提改为背，又从背改为抱，气喘吁吁。

就在她犹豫是一鼓作气提回去，还是把东西放下来先休息一下的时候，程燃打球回来了。

即使是在大冬天，男生运动过后依旧热气腾腾，程燃一手抱着球，只穿着卫衣牛仔裤，连外套都没披一件，仿佛活在秋天。

然后他俩远远地又对视了。

浑身不自在，昨天傍晚在阳台上的惊鸿一瞥历历在目。赵知著强行忍住扒拉头发的手，希望发型没有乱掉。程燃干咳了一下，把卫衣下摆向下拉拉好，生怕再次露出什么不该露的。

一时间两人相顾无言。

但赵知著可没精力再耗下去了，她换了只手拎袋子，松泛着被勒出红痕的掌心往前走去。

下一秒，却手上一空。

赵知著转头看去，程燃不知什么时候快步走到她旁边，一言不发地接过了她手里的袋子。

她盯着程燃不说话。

程燃一手揽着球，一手轻轻松松地提着袋子，却被她盯出了一身鸡皮疙瘩。他目不斜视，磕磕绊绊地说："不……一起回家吗？"

赵知著转过头去，拢了拢头发目视前方笑着："那谢谢你啊，野原新之助同学。"

程燃两眼一黑，决定回去就把那条斥巨资买的蜡笔小新联名款裤衩扔了。同时他也不甘示弱，挤出一个微笑，回击道："不谢啊，小哪吒。"

得，谁也别嘲笑谁吧。

从小区到家门口，短短一两百米，感觉像走了个长征路线。

程燃问："怎么这么重，你都买了些啥？"

站在家门口，赵知著接过袋子没说话，直截了当地打开口袋给程

燃看 —— 薯片、巧克力、曲奇、软糖……无数种零食数不胜数，还外加一个全家桶。

赵知著盯着程燃一脸不可置信的表情，心里发誓如果他敢说出一句嫌弃的话，就一定会弄死他。

但程燃嗫嚅着嘴唇，抬起头来真诚地开口："我也想吃。"

"……"

"去你家。"

"去你家。"

"那行，吃的时候桌上给我垫好卫生纸，尤其是冰可乐杯子下面，另外不许掉任何残渣在我地板上，沾了油的手也不允许碰到任何家具。"

程燃："那还是去我家吧……"

赵知著满意地笑了。

大概生活了十几年的房子还是不一样吧，东西虽然多但是不乱，满满的生活气息。最引人注目的还是隔开客厅与饭厅的那堵博物架，上面摆满了大大小小花色各异的石头。

云母石、猪肉石、玛瑙石……旁边还有小卡片标明是哪一年挖于哪个地方。

"一年一个啊……"赵知著很快就发现了其中的秘密。

"嗯。"程燃端着刚在微波炉里热好的炸鸡从厨房走了出来，"全是我爸妈给我的生日礼物，你面前那块鸡血石是前年的。"

"那你爸妈对你还是挺上心的。"赵知著跟着程燃走过去准备开饭。

程燃却没有正面回答她，不置可否地糊弄过去："还行吧。"

一顿饭过去，小区里都没人了。赵知著看看手机时间，还打算回去背书做题，于是摆摆手跟程燃告辞。

走到门口的时候又被叫住，赵知著回过头去，程燃说："咳，明天过来吃饭吧。"

赵知著的拒绝还没说出口，程燃又说："香辣口味虾仁拌面和小吊梨汤。"

赵知著立马笑了："我来。"

这两人谁也没明说，但在中国人一来二去的饭局交际中沉默地达成了一个共识——谁也别向外透露他俩目前的邻居关系。

即使是秦天、游桃桃、李向阳他们也不能说。

一个人的舒心日子过了几天，直到大年初五，赵家人好像才终于想起赵知著，给她施舍了个电话，还是没有参与那场纷争的爷爷打来的。

"咳，最近……怎么样啊？"老人估计也是被迫打电话过来的，支支吾吾也不知道怎么开口。

"挺好的。搬了房子自己一个人住。"赵知著正翻着书，问心无愧地快速回答。

"那就好那就好，那你……钱够不够用啊？"老人打电话一般都开着免提，赵知著还没来得及回答，那边就传来王桂英的斥责声："你问她这个干什么，这死丫头有钱！你还上赶着给她送去啊！"

"房子都租好了。怎么，说你两句还真不认我这个爸了？"赵保刚也在电话那头阴阳怪气。

"……"

见赵知著不回答，赵保刚面子上挂不住，于是无名火又上来了，气急败坏地一连说了几个"好"。

"你自己选择的你自己别后悔！从今天开始我不会再给你一分钱

也不会再管你！"

　　随后"啪"的一声，电话挂断。

　　赵知著长舒一口气，放下书苦涩地往床上躺倒，弹了几下。至少环境没那么糟心了，不像那张木床，翻身都响。

　　席梦思床垫带给赵知著久违的"再世为人"的欣慰，也给了她更多对于生活的压力。

　　杜欢颜留下来的钱越用越少，原本赵知著是要把这钱拿来当大学学费的，现在看来是远远不够了。

　　她翻了个身，恍然间想到，似乎龙溪的一个基金会每年都有一项高考市状元奖学金，一共五万，正好解决了大学四年的学费。

　　赵知著一骨碌爬起来，重新捡起书做题——书中自有黄金屋。

　　古人诚不欺我。

　　寒假的时光快得惊人，一转眼元宵也过了，又到了开学水平考试的日子。

　　不过才过了一个学期，小学鸡们就已经变身芦花老母鸡，叽叽咕咕闹个没停，谁也不把开学考当回事。

　　结果没承想成绩一出爆了一匹黑马。

　　趁着大家伙过年都过疯了，赵知著经历了一整个寒假日日夜夜的洗礼，苦读圣贤书，然后一举夺魁，甚至还踩了年级第二的程燃整整八分。

　　一鸣惊人。

　　赵知著于是把头昂出鹤立鸡群的姿态，挑着书包从人群中第一个走进了教室。

程燃在众人还在唏嘘的时候第二个走了进去，低头笑着穿过人群。他一进教室就接收到赵知著带着警告的眼神，所以还是选了个和她隔了两组的座位坐下。

窗外一班的其余同学：我们班第一第二这个关系啊，啧……

于是，一放学又有了群众口中的"冤家路窄"。

"欸，刚刚那不是6路车吗？知著你怎么不上去？"游桃桃还是咋咋呼呼的，过个年下来好像又胖了一圈。

但神奇的是，肉肉在她身上一点不显油腻，只是可爱。平齐的黑色发梢正好扫在脸颊上，衬得脸蛋像糕点一样，又香又软——赵知著已经捏了好多次了。

虽然说和程燃做邻居的事万万不能透露，但也没必要为了掩人耳目故意绕路。赵知著随口撒了个谎："我搬家了。"

"哦……"

说话间3路车来了，一直低着头玩手机的程燃一言不发地随着人流挤上车，然后赵知著在众人目瞪口呆中紧随其后。

游桃桃道："他们坐一路车？"

秦天摇摇头道："我不知道啊，我什么都不知道。"

与此同时，李向阳戳戳游桃桃的胳膊："你家车来了。"

3路车的拥挤赶得上S市地铁的早晚高峰，往往在到龙溪一中之前就塞得差不多了，还得再上来一大帮学生。

赵知著和程燃明明是前后脚上的车，但完全见不着对方的人，目之所及都是密密麻麻的脑袋。夜晚公交车车厢的顶灯照下来，和众人低头玩手机的反射光交织在一起，摇摇晃晃，让人头晕目眩，认真上了一天学的赵知著闭上眼睛休养生息。

从龙溪一中到地质勘察大队宿舍，途经七八个站，但还是上得多下得少。

估摸司机是开完这趟就能直接下班，生生把公交车开出了警匪片的气质，车门擦着人的衣角一闭一关。

程燃跳下车后发现赵知著还没下来，于是一巴掌按住了想要关闭的车门。

"小伙子你下不下？"暴躁的司机透过监视器喊话压门的程燃。

"啧。"程燃皱了下眉，跨上台阶，一把抓住还在人群中挣扎的赵知著，把人扯下了车。

之后两人一路无话，各回各家。

正式开学之后就进入了三月，虽然江南正儿八经的阳春三月指的是现如今的四月，但已经隐隐有气温回升的感觉了。

龙溪的春天时晴时雨，但还是天色如洗，光线明丽，比冬天的时候多出几线生机。

下课的间隙，出去溜达四处活动的人也多了起来。

"燃哥！"秦天像小炮弹一样冲到程燃座位前坐下，眉飞色舞道，"下周末你生日，二毛他们说要给你撑场子，问你是把恰恰包下来开黑，还是一起去爬阳凤山？

"我觉得他们应该更想去爬山。听说他们几个琢磨着今年夏天要走千八线，估计是想找你学点徒步的经验……"

二毛他们就是当初秦天口中，因为初中一场篮球赛去堵程燃，结果被程燃揍哭的那几个人。

但程燃几乎没怎么听秦天说话，他正低头"唰唰唰"做着题，一句话就给秦天堵死了："哪儿都不去，我爸妈要回来。"

但秦天说的话被来找赵知著玩的游桃桃听见了，她转过头去问秦天："千八线是什么？"

秦天挠挠头："据说是条比较有名的徒步路线，从我们这儿的阳凤山开始，一连爬十几座山，挺难走的，你可以搜搜看……"

游桃桃一说话，李向阳就默默放下笔转过身来旁听了。

"好看欸……知著你看，还能看到日出云海。"游桃桃把手机递给赵知著看。

赵知著本来也在学习，猛不丁手机屏幕出现在眼前，天空蓝得澄澈开阔，云海翻滚，日出其间。春日的风带着花香一吹，仿佛整个人都新生了，带着对远方和自然的向往。

"你想去徒步？"李向阳问游桃桃，"但感觉挺危险的。"

"这怕什么！我们有燃哥啊！"秦天一把揽过程燃的肩，"燃哥几年前就跟着他爸妈把贡嘎都走了一遍，区区千八线算什么。"

"别想那么多，要上课了。"程燃冷静地打消了这一行人的积极性。他那时候能走下贡嘎全靠爸妈他们那支科考队，走到难走处连背带拖的，当时也是队里的临时决定，他无处安置，只好跟着一起了。

经过那一走，经验确实是有了，但要让程燃带着一群娇生惯养的未成年去徒步，还是算了吧……

周六，赵知著正窝在沙发里看书，门外由远及近踏来一串脚步声，还有行李箱滚轮的声音，带着些许风尘仆仆的味道。

赵知著没起身去看，懒洋洋地翻了一页书，心想大概是程燃爸妈到了吧。

　　新翻的这页书还没读完，隔壁就传来咚咚当当的响动和说话声。平时没人不觉得，看来这老房子的隔音确实不怎么好啊。

　　赵知著于是起身打了个哈欠，飘回房间去了。

　　程易华和骆雅到的时候，程燃把准了时间正端着洗好的果盘从厨房出来，然后赶紧放好盘子走过去接爸妈的箱子和背包。

　　接过他爸的背包的时候差点坠到地上，程燃赶紧使劲勒回去。

　　程易华笑道："力气有长进啊，打开看看？"

　　程燃抱着包坐在沙发上打开，他爸笑眯眯地喝起儿子刚泡的茶，等待着解读。

　　果不其然，程燃又从包里掏出一块石头——这次的石头足有几十厘米的直径，难怪这么重。

　　但与之前那些特征明显的石头相比，这块岩石其貌不扬，应该还没切割提炼过，程燃也看不出多余的什么。

　　"知道这是什么吗？"他爸问。

　　程燃摇摇头。

　　程易华等的就是他不知道，放下手中的茶杯开始讲起来："这是我从含金红石的石英脉里给你抱回来的。从前年开始，我们就不停地搜寻金红石的踪影。直到今年年初，我们队终于在塔里木边缘的桑株水库一带找到了一处还未完全露出的变质岩。里面有一条石英脉，金红石的含量极高！"

　　骆雅这时候也洗完手出来了，接着丈夫的话说道："这是我国继河南方城和湖北枣阳之后发现的第三处特大型金红石矿床。他们这几个队长副队长兴奋得年都没过，写完报告就往上头发，现在已经开始准备开采了。还好有这个空当我们才有空回来看你，这块石头也是你爸写了好多报告冒着大不韪给你带回来的。"

"谢谢爸妈。"程燃倒是很平静地笑了笑，但还是小心翼翼地把它放上自己刚刚擦试过的博物架上。

第十七个生日，第十七块石头。

"爸妈，过来吃饭吧。"放好石头，程燃招呼他们吃饭，四菜一汤被他用其余的空盘子盖着，还热着呢。

不过这次发现的矿床对他们来说显然意义非凡，程易华还沉浸在喜悦当中，连一向平静从容的骆雅也很激动。

"对了，小燃，还没问你上次期末考得怎么样？"骆雅问。

"年级第一。"程燃言简意赅。

"嗯。"程易华满意地点点头，"不过龙溪地方小，即使一中是重点高中也不要掉以轻心，你现在和同学比较也没什么必要了，要多和自己比。"

"嗯。"程燃一切都应了。

程燃看着他爸妈一筷子一筷子有条不紊地夹菜，他们说什么他也不在意，只是每一次张嘴，他都以为他爸妈会问问这菜是买来的还是他做的？是会说儿子辛苦了，还是儿子长大了；是会说好吃，还是给他夹菜说你也多吃点。

但是什么都没有，只有程易华又说道："那我考考你这年级第一，金红石里含量最高的元素是什么你知道吗？"

程燃摇摇头，高中化学和地理并未学这么深。

程易华叹了口气道："是二氧化钛，所以金红石是提炼钛的重要

/ 116 /

矿物原料。军工、航天、航海、机械化工之类的无一不用到它。"

"我们国家的金红石供应严重短缺。"骆雅补充道，"只能依靠进口或者人造金红石，所以这次矿床的发现意义非常重大。"

程燃食不知味，好像没吃几口就吃饱了，便放下碗筷等爸妈。

程易华倒是注意到了，打趣儿子："吃这么点就吃饱了？那你这体质以后搞科研怎么撑得住啊？"

"爸，我没说我一定要去做科研吧。"程燃笑了笑。

这话一出程易华和骆雅都愣了，他们双双停筷，看向程燃。

"你这话什么意思？"程易华问，"我们把你培养得如此成绩优异你竟然不去做科研，那你想干什么？"

"不知道，但我就是不想做科研。"

程易华被他气得一噎。

骆雅也叹了口气，说："小燃，你也不要故意气你爸爸。爸爸妈妈也没说非要让你走我们的老路，你不喜欢地质还有很多其他的方向可以选择啊，比如物理、数学什么的都可以。"

沉默了两秒，骆雅又说："我们也只是想把你培养成对国家有用的人。"

程燃低头不语。

程易华也没了吃饭的心思，干脆起身。可能太久没回家都不习惯坐这种有靠背的椅子了，凳腿在地砖上生硬地一拖，发出刺耳巨响。

恰逢赵知著出来倒水喝，愣在当场。

"对国家有用就够了吗？"程燃终于说话了。

骆雅盯着他看，当母亲的直觉和敏锐让她感觉到了什么，心中涌起对家庭的亏欠感。于是她赶紧调和父子矛盾："先不聊这些了。易华，你不去午睡会儿吗？等会儿你给小燃订的蛋糕就要到了。"

程易华没反应过来："不是你订的吗？我没订啊。"

骆雅这下真慌了："我不是交代过让你订吗？我手机回来之前就坏了呀！"

程燃费力地咧了咧嘴，安慰道："没关系的，妈，我又不是非吃蛋糕不可。另外，爸妈，我说真的，我绝不搞科研。"

"绝不可能！"程易华立马接上，义正词严，"爸爸妈妈怎么会让你选择错的路，你还不懂什么叫正确的选择！"

"那谁懂？"

"至少……至少是比爸爸优秀的人。"程易华说。

程燃笑了，有时候搞科研的人还真是一根筋。他说："那怎么才叫比您优秀？"

"我当年高考的时候是全市第二，你非要比的话，那就考个全市第一给我看看。"

"好，那我就考全市第一。"程燃看着程易华说，"只要我考了全市第一，您就不能再干涉我。"

"行……"

到底还是文化家庭，没有歇斯底里的争吵，也没有到字字诛心的地步，双方各退一步已经是最好的结局。

但两家的客厅仅仅一墙之隔，纵使听不清具体在讲什么，也听得出是争吵的振幅。

"嗡——"程燃的手机振了振。

赵知著："要不要来我家坐坐？"

接着没几秒赵知著的家门就被人敲响了，她微微一笑，懒洋洋地走去开门。

谁料门一开她就被程燃捏着手腕牵走了："坐什么坐，陪我出去兜风。"

赵知著连惊呼都没来得及，只堪堪踩上运动鞋，捞过玄关上的钥匙，转眼就到了楼下。

只见程燃家的车库敞开着，里头停了两辆车，一辆是从前那辆熟悉的摩托，另一辆则是秀气圆润的小电驴——车头还画着咧嘴笑的哆啦A梦，蓝盈盈的。

程燃停顿了一下，似乎在思考着什么。

最终，那辆哆啦A梦牌小电驴伴随着两声清脆的"嘀嘀"亮了灯。

赵知著哑然失笑，歪头看着程燃不说话。

"咳……"

程燃到底觉得还是太跌面儿了，一把将小电驴的钥匙揣了回去，把赵知著推了出去，说："我们还是打车吧。"

也许是老天爷看在程燃今天实在太憋屈的份上，他随手一拦，竟让他们叫到了一辆跩上天的出租车。

这位出租车师傅戴着墨镜，防晒袖套下是隆起的肌肉，嘴角叼着一根没点着的烟，一言不发。他年轻时大概也是秋名山车神一类的角色了。

于是在这位师傅油门一踩的奔放下，赵知著猝不及防地倒进了程燃怀里，砸了满头满脸的棉袄——好、好软啊。

“你冷吗？”程燃问。

“还好。”赵知著直起身子来，装作无事发生。

接着程燃突然撑开手臂，将自己的外套脱了下来递给赵知著，说：“我想开窗，你要是觉得冷就披上。”

有了车神师傅的加持，窗一开，初春的风便呼啸着灌了进来，当真像剪刀一样在疾驰中割裂着头发和脸颊。

少年靠在大开的车窗边，皱着眉，好像怀中藏着一把长枪，而前方等待他斩杀的是那只啃噬世界之树的恶龙，只要他奋力一劈，诸神黄昏便不会来临。

而他身侧的女孩环抱住他的衣服，默默地把头埋进了少年外套的帽子里——脸要吹瘫了。

不知过了多久，师傅终于把车停了下来。耳边的风声一止，其余细碎的杂音便慢慢传送过来，人声嬉笑，水流涓涓。

赵知著抬头一看，猜测眼前应该是个码头。

龙溪对于赵知著来说原本就是个陌生的城市，在市区里的时候倒没觉得它和其他三四线城市有什么区别，但若往它周边再走走，江南的小桥流水便会慢慢出现。

“这是大堰乡码头。”程燃把手机掏出来付钱，示意赵知著先下车。

下午三点，微风穿过春日的阳光，吹动连绵的古樟群，于是星星点点的光斑从河面一直延伸到古街上来。

高低起伏的青石板被踩在脚下，一眼眺望过去，枕河而建的木楼层层叠叠看不到头。

"走吧。"程燃双手插兜对赵知著说。

　　赵知著还是懒洋洋的样子没说话，把程燃的外套还给他。有阳光直射的地方很暖和，程燃没有重新穿上，只是把外套松松地系在肩头。

　　两人并肩走去。

　　可能因为是周末吧，天气又好，大堰乡人还挺多，拖家带口带孩子出来闲逛的、组团出来春游的学生，还有一些来旅游的年轻人。但是最多的随处可见的竟然是支着画板画架写生的人。

　　"怎么这么多画画的？"赵知著问。

　　"大堰乡有好几个美术写生基地，被称为中国的巴比松村。"程燃倒是有问必答。阳光明晃晃的，他也时不时眯起眼睛，懒散地同赵知著说话。

　　如果不是在家切实地听到争吵的声音，赵知著绝不会认为程燃心情不好。

　　但要是程燃不主动说，赵知著也绝不会主动问。两人就这么双双插兜沉默地走着，尽管世人的悲欢并不相通，但只要你身在人间，就一定会被这万物治愈。

　　"许愿石……"两人走着走着，离开了商业中心街，视野突然开阔。古旧的木质系船桩旁边杵着一块半身大小的巨石，已经被人盘得像鹅卵石一样光溜了。

　　旁边还竖了块公告牌，讲述这块石头的前世今生——赵知著大概瞄了一眼，说是百年前一船夫出船运货后失踪了，他家娘子便日日在码头企盼，泪水滴石，渐渐地把石头都磨平了，那位船夫也奇迹般返乡。后来此地的船夫出船前均会来这里对石头许愿，保岁岁平安万事如意。

全国各地的景区故事，大同小异。

赵知著有洁癖，除非当着她的面用消毒液擦一遍这石头，否则就是灵验到能立地成佛她也绝不会碰一下。但这并不妨碍她用来cue程燃。

她笑着回头："许愿石欸，寿星不来盘一盘？"

程燃眼皮一抬，竟然真的乖乖走过来了。但赵知著没想到的是程燃突然把自己扯到他身前，然后盘了盘⋯⋯她的头。

怎么，我这颗刚考完年级第一的脑袋，在你眼里就是个石头？

赵知著抬起头来，满眼"你死定了"的不敢置信。

结果脑袋还没完全抬起来又被程燃按下去了。

赵知著："？？？？"

程燃微微弯腰在她耳边说："别动，游桃桃在你后面。"

"桃桃！再不画颜料要干了！"临河小石滩上，一溜排开的画架板凳，还有放得东倒西歪的各色外套和画袋。

女孩发现自己的同伴竟然停在了接色这一笔上，不由得心急，探过身子去把人拍醒。

这一拍把游桃桃的心神拍了回来，那个女孩却八卦起来了，看向游桃桃刚刚目光锁定的地方——和她们看起来差不多大的男生女生站在一起，从这个角度看不到脸，但就身材来说已经是极品了。

她打趣游桃桃："怎么，你喜欢他啊？"

游桃桃一边往调色盘上喷了点水，一边纳闷地挠头："怎么可能，只是那两个人看起来有点像我同学。但他俩，应该不可能吧⋯⋯"

"往反方向走吧。"程燃推着僵硬的赵知著赶紧离开了这个是非之地。

两人想着避开人群，于是便往居民区那边走去，兜兜转转，最终停在了古村的河岸旁。

对面是低矮的山坡，黄昏的暖色把山头染红，逐渐有人家的炊烟袅袅升起。

忽然，赵知著转过身来，对程燃说："你站在此地，不要走动。"

程燃没答话，笑着望向赵知著走远的背影，回头一看，那夕阳果然又圆又黄，像极了橘子。

没过多久赵知著倒是回来了，手里拎了个红色塑料袋，里头是两罐可乐和一袋面包。

"条件有限就别嫌弃，我好歹还挑了个圆面包。"赵知著将那袋面包托在掌心说，"生日快乐。"

程燃有些沉默，说："其实你可以晚上回去后再买。"

赵知著一脸"你膨胀了吧赶紧清醒清醒"的表情看着程燃："晚上我不得学习？"说罢又催促他，"赶紧许愿。"

程燃看着赵知著为了学习心神不宁的样子，突然想皮一下。于是他笑着接过面包，状似随意地说："那就……祝我高考拿市状元吧。"

正在喝可乐的赵知著差点无法下咽。

"市状元？"赵知著睥睨，"上次你连我都没考过吧。"

"你可以试试。"程燃说着也扯开了可乐的拉环。

少年少女一挑眉，以可乐碰杯，易拉罐在夕阳下一触即分。

第八章

first love

争锋

"过的什么狗屎年！"数学老师愤怒地把三角尺往讲台上一拍，"要取消过年哪！"

　　众人纷纷垂死病中惊坐起，乖巧地抬头。除了某些人是真的不识时务。

　　"龙小侃啊，还趴在桌子上，我把你桌子端掉就是……"

　　"哈哈哈哈哈哈哈……"

　　满堂哄笑，个别同学面无表情，王可娴翻了个白眼。

　　别人有没有从放假的闲散里抽离出来赵知著不知道，但是程燃明显比以往认真了不少，基本课间再没出去，只坐在座位上转着笔翻书。

　　赵知著在大家哄笑的间隙微微转头扫了程燃一眼，他应该没在听老师讲卷子，自己演算着另一道题。

　　但赵知著还是把心收了回来，因为卷子最后一道大题她其实有些似懂非懂。

　　第一次月考就在下周，程燃这个样子，让她紧迫感骤升。

　　中午吃完饭之后，大家聚集在秦天的桌子旁晒太阳，众人都懒懒散散的，眯着眼睛不愿说话。

　　突然，游桃桃像想起了什么似的，站了起来，问赵知著："欸！

你上周末是不是去大堰乡玩了？"

赵知著心中一惊，但面上端得四平八稳，开口道："大堰乡？什么地方，在龙溪吗？"

程燃不由得暗自警赵知著，心道：高，这回答太妙了。

果然，游桃桃摆摆手一脸算了的表情，紧接着就把矛头转向另一边。

她问程燃："那你呢？你去了没有？"

"没有啊。"程燃早已做好准备，极速否认，"周末我爸妈回来了，在家陪他们。"

"那就奇怪了……"游桃桃自行嘀咕，"这也太像了吧……"

"我去！"一直埋头玩手机的秦天突然拍桌，"隔壁二班班主任组织他们这周末去阳凤山春游野餐！"

"这么好——"游桃桃难以置信。

"嗨！咱们班有娜姐在就别想了。"秦天安慰地拍拍游桃桃的肩。

"话是这么说……"游桃桃难得灵机一动，兴奋地说，"但我们可以自己去啊！二班已经去阳凤山了，那我们就去大堰乡吧，反正知著还没去过！"

什么叫搬起石头砸自己的脚。

赵知著："……"

"咳……"结果程燃抢先一步开口，"我就不去了，还有几套题打算做一下。"

还没等游桃桃和秦天他俩说扫兴，赵知著也紧跟其后，忙不迭地说道："我也不去，有个英文辩论赛直播要看。"

游桃桃悠悠地把目光转向一直未开口的李向阳，说："好了，你不用说了，我知道，你们都要好好学习。"

初恋驾到
么么哒

学渣们沆瀣一气，秦天自觉够哥们儿地揽住游桃桃叹气，说："既然这样，那就我们两个——"

话还没说完，李向阳突然出声了，他说："我去。"

李向阳说不去没什么奇怪的，他说去才真是让大家震惊。游桃桃和秦天瞪大双眼看向他。

他往教室中间指了指。

游桃桃和秦天顺着李向阳的方向转头一看，在一大片睡觉、看闲书、玩手机的人当中，只有三个人正襟危坐地认真学习——程燃、赵知著、王可娴。

然而在齐刷刷的雪花卷和油墨的气味之中，只有王可娴一人紧皱眉头，焦躁难安。

胜负一目了然。

李向阳低头推了推眼镜，淡然开口："反正第一第二与我无关。"

实则恨不能用眼镜的反光将秦天搭在游桃桃肩头的手给烫出洞来。

"生活是种律动，须有光有影，有左有右，有晴有雨；滋味就含在这变而不猛的曲折里……"逮着一篇自己喜欢的文章做阅读理解，苍钟晚又开始在讲台上摇头晃脑起来。

语文课大部分时候就是大家放松一刻的时候，毕竟这东西厚积薄发，会的都会，不会的一时半会儿也提不上来。

程燃难得地撑着脑袋望窗外，期中过后气温一天天升高，渐渐地空气里有了夏天的味道。

然而五月之后也是南方流感高发的季节，程燃前几天打过球后湿汗就这么在身上风干，还真得了场病。

深夜十一点，楼下的药房早就关门了。他没办法，从阳台望到隔壁还没熄的灯，于是厚着脸皮跑去敲门讨药吃。

赵知著披着外套来开门，最后还找了一堆药和退烧贴给程燃。

她本想就这么打发了程燃完事，没承想却被莫名其妙拐去了程燃家，还给他烧起了热水……

"你困了吗？"吃过药后，程燃躺在自家沙发里，抬手扯扯赵知著的衣角。

"干吗？"

"39℃……"程燃把温度计递给赵知著看，奄奄一息，"我怕我一个人会挂。"

"我去。"赵知著被他的高烧吓到了，重新站起身。

"你不管我了？"程燃委委屈屈道。

赵知著翻了个白眼，回头说："我去把题拿来你家写——"

少年人身强体壮，第二天一早什么就都好了。倒是赵知著，裹着自家拿来的毯子在程燃家沙发上睡着了。女孩蜷缩着身体，小小一团，在睡梦中微微皱眉躲避窗户射来的阳光。

苍老师还在滔滔不绝，光线随着时间推移斜射进教室，接着被某位同学光滑的书衣一反射，晃了赵知著的眼。

她不由得一皱眉，却被程燃恰恰好看进了眼里，和那天清晨一样。

少年低头微笑，盯着卷面的文章出神，老舍的《小病》在他眼里倒似全然写满了"恃宠而骄"四个字。

好不要脸。

"那这节课就先这样。"苍老师看看手表，差不多可以下课了，于是拍了拍手里的粉笔灰说，"对了，那个学习委员，下课后去你们韩老师那拿排名榜。"

王可娴应了声"好"。

老师前脚一走班上就自行下课，前后左右地聊起来："欸，这次月考第一，你们押谁？"

"他们俩一般不是轮着考第一嘛，上次是赵知著在前，这次我猜程燃。"

……

两个学霸突然开始不要命地学习，在整个年级里一骑绝尘。最开始上游的同学们还压力大到睡不着觉，但后来就看开了，反正自己撼动不了那两位，别人也不行。

"我觉得不一定。"某位同学信誓旦旦，"程燃不是被物理老师拉去做竞赛题了吗？其他科应该会分心吧。"

另一位同学用恨铁不成钢的眼神瞥了过去，痛心疾首道："你不知道？"

"什么？"

"人家拒绝了物理老师的全国竞赛邀请，说是没兴趣，而且还说……直接考又不是考不上清北……"

其他吃瓜者倒吸一口气，感叹王者不愧是王者。

只有某位另辟蹊径，睿智地推推眼镜，小声说："难道你们不觉得其实程燃是怕参加竞赛分心了就考不过赵知著吗？"

众人沉吟，这么说也有道理。细细想来，这轮番坐庄的第一第二，期间明争暗斗竟不亚于后宫争宠……

看来校内追番指日可待啊。

结果这次竟然还是赵知著第一，甚至她比程燃多了整整八分。

少许人开始怀疑起程燃的能力了，殊不知人家是因为感冒所以空了道大题不想写。

赵知著倒没那么关心自己的成绩，她走到座位末尾，拉着游桃桃出了教室。

"你怎么了？"赵知著在走廊无人的拐角处才问出来。

游桃桃基本都是倒数第一，这不奇怪，但这次她的数理化三科全是孤零零的数字"0"。

除非是故意的，不然再差的考生都不可能在有选择题的情况下考三科零分。

但游桃桃没说话，过了很久，她问赵知著："知著，你做不喜欢的事情会觉得恶心吗？不是恶心这个事情，而是恶心自己。"

一句话把赵知著拉回了半年前泥泞般的生活里，她缓慢地回答了游桃桃："会。"

游桃桃反身紧紧抱住了赵知著，可能是知道自己不是一个人之后好受了很多吧。

"那你会强迫自己继续下去吗？"游桃桃靠在赵知著肩膀上问。

"不会。"

赵知著好像明白游桃桃在难受什么了，她说："一个人能早早知道自己喜欢什么不喜欢什么是很难得的，更何况……你还有家人。"

"真正的家人会理解你的，和他们好好说。"赵知著摸了摸游桃桃的头，然后牵着人回教室。

结果她们在教室外偶遇了秦天和程燃。

秦天这感人的情商根本没看出来有什么不对的，巴巴地往她们跟前凑，嘴里还贱兮兮地叼了个油桃儿，"咔嚓"一口下去果汁四溅："你看这是什么？和你一个品种的，哈哈哈哈哈哈！"

赵知著一个巴掌就拍在了秦天的后脑勺上，还有她扫过来的冷冷目光，明明白白地告诉程燃：管好你的人。

程燃浑身一凛，赶紧走过去趁秦天还没反应过来把人薅走。

秦天摸着脑袋不明所以，委屈巴巴地看了眼燃哥，他燃哥不为所动地把他的头转了过去，说："别看我，我也打不过她，赶紧走。"

中午王可娴又去了一趟办公室，领了三张卡片回来。

这原本是龙溪一中只有高三才有的传统，将年级前十的照片、名字、成绩还有个人座右铭张贴在学校公示栏里。

但前几天学校里开了个会，决定把这个做法普及开来，高一高二也要这么做，提升全体学生的学习竞争感、紧迫感。

有人说，大概是好几年了，一中都没再出过市状元。这位校长是新上任的，誓要把隔壁实验附中比下去。

一班的尖子生一骑绝尘，年级前三都被他们班承包了。剩下的第四五六七名什么的自然也是别班的第一第二了，因此王可娴虽然是班级第四，但年级上也只到第十二。

这个差事让她一肚子气，白眼翻不停。

赵知著正趴着午睡，于是她就偏偏第一个去把人戳醒让人填卡片。但赵知著完全无感，赶紧填完了继续睡。

程燃是第二个，填到座右铭的时候他纠结了，抬头问守在他桌边的王可娴："咳……赵知著，写的什么？"

"自己看。"王可娴把卡片甩给他。

巴掌大的卡片上照片的占比其实并不大，但也许是照片里的光线太好了吧，程燃的目光不由自主地聚焦在了那里——一张学校里抓拍的生活照。

女孩扎着马尾，抱着一沓卷子从走廊走过。照片定格在她回头的一瞬间，拍照的人也许并未和她达成共识。

她眉头微皱，风吹动她的发梢，正好将人白皙清晰的下颌分割。

黑白分明，明艳逼人。

程燃想起了军训的那个下午，水花折射下她扬起脸庞的样子。

他带着自己都没察觉的笑意，终于在王可娴不耐烦的临界点低头写下了自己的座右铭。

在旁边默默注视这一切的李向阳是第三个，他看完这两个人的卡片后推了推眼镜，果不其然地叹口气，最终决定救某人一命。

于是——晚饭后，公告栏前，高一组来自高一一班的年级前三，他们的座右铭惊人的匹配，引人驻足。

赵知著：书中自有黄金屋。

程燃：书中自有颜如玉。

李向阳：书中自有千钟粟。

群众：高一一班的文案是批发来的吗？

在人群中旁观的李向阳满意地推了推眼镜——好在他写了第三句。

夕阳伴着校广播站的音乐洒下来，给所有人都蒙上一层暖黄。

李向阳忽然想起了在南楼街的那个傍晚，明明也是这样一切正好的天气，可少年们看向女孩的目光像落在地上的一个雨点。不懂的时候自以为不过是转瞬就消失的一滴水珠，而懂了的那一刻，只余满耳春雷轰鸣，青芽破土而出。

他感同身受地叹了口气：程燃啊，长点心吧，否则迟早被娜姐的目光锁死。

当走廊上来回熙攘着的肥大外套变成白色短袖的时候，期末是真要到了。

龙溪的六月还没有完全炎热起来，送走了高三的学子，学校忽然冷清了一大半。平常他们看似不怎么出现，但一离开，却仿佛带走了所有的夏天、绿荫和课本。

于是高一高二的反而蔫了，似乎想到不远的将来，自己也要经历这场战争。

赵知著转头看了看两组外的程燃，他好像没在听讲也没在做题，于是她也决定小小地放纵一下。

赵知著停了手里的笔，开始放空自己。地理老师还在讲台上孜孜不倦地讲题："图四所在地区的气候是热带沙漠气候，为什么？这边有个箭头看到没有，说明是受到副热带高压气候控制……"

人和机器还是不一样，机器需要不停地运转才更容易延长寿命，而人大概会倒下吧。

可赵知著的喘息终究只能是暂时的，未来还有很多年，甚至不能以高中或大学为结束点。可是程燃为什么……也要和她一样那么拼。

赵知著没注意自己竟然望着程燃出神了。

直到桌肚里的手机忽然一亮，她偷偷打开查看，竟然是表面一动不动的程燃发来的消息："今天放学后你自己回家，我得去秦天那理个发。"

她发了个"已读不回"的表情包，懒洋洋地支着下巴重新面向黑板，等待着下课。

晚自习的时候外面下了场雨，溅得栏杆上也湿漉漉的。学生拥挤着站在走廊上往下看，潮湿路面上映照着各种灯光的倒影。车流被雨伞下的人群堵得毫无章法，把公交车、小车的喇叭声和自行车的铃铛声也混杂成一团。

赵知著讨厌下雨。

所幸经历了一个学期的洗礼，她现在挤公交车已经如鱼得水。

理发厅门口的彩灯被雨水一冲刷，转起来更显迷离了。

"姐，忙不忙——"秦天人还在外头停自行车，话就先问出了口。

不过，秦梦都懒得搭理他，根本没吱声。

程燃料到如此，直接推门走了进去打招呼："梦姐，我来理发。"

"哦，是你啊。"秦梦放下手里的瓜子，站起身来。

"还是寸头？"

"嗯。"

秦梦拨了拨程燃的头发，说："你现在的头发还不算长啊，要不要再留一会儿？"

"别了吧。"程燃笑道，"天热。"

"那行。"说着秦梦就直接下剪子了。

三下五除二后，地上一片黑色的碎发。秦梦给程燃掸了掸脖子上留下的发茬，领着他去洗头。

男生洗头简单得很，连躺椅都用不着，直接腰一弯，拿淋浴头往上冲就是了。

"梦梦！""缘梦发型"的玻璃门再次被推开。

继承了秦梦的零食盒，正在嗑瓜子的秦天登时站了起来，姐弟二人同时朝门口看去。

一看来人，秦梦还没开口，秦天倒是堵不住一腔火药味，直接怼道："怎么又是你，你来干吗？"

"我来……"那人摸摸自己光溜溜的脑袋，笑呵呵道，"我来理发，哈哈哈。"

程燃还在洗头，没法睁开眼，只觉得这个声音有点熟悉，可又不记得在哪儿听到过。

秦天骂骂咧咧："你理个屁的发，一个月来了八百回，你还有头发吗？"

那人没理秦天，只往秦梦跟前凑过去，低声好气道："姐，晚上吃过了吗？"

"没吃，减肥呢。"秦梦回答道。

那人窸窸窣窣地打开手里的打包袋，献宝似的："我给你买了甜品，坚果酸奶，上面还有你最喜欢的芒果。还是说你想吃点重口味的，我还带了一碗锡纸花甲粉丝。"

秦梦关了水，递给程燃一块干毛巾让他自己擦。

程燃擦了把脸，再把毛巾蹭到脑袋上，接着直起腰一看——朱浩？

这不是当时那个用假钞的瘦黄毛的老大吗？他还真认识秦梦啊。

程燃慢慢站到秦天旁边去看戏。

"姐什么姐，是你姐吗就乱叫！"秦天就是看朱浩不爽，无事献殷勤。

秦梦倒没说什么，还真接过了朱浩带来的吃的。秦天一脸恨姐不成钢，痛心疾首地叹气。

"怎么回事？"程燃捅捅秦天的胳膊。

"出去说吧。"秦天小声回答。

外面雨已经停了，空气反而清新不少，两人往夜宵小吃街那边走去。

"朱浩是我姐职高的学弟，比我姐小两届。"

十七八岁的半大小子，正是容易饿的年纪，在这样烟火缭绕的摊子中间游走难免心动，于是秦天和程燃自发地往塑料凳子上一坐，吃了起来。

"那个朱浩，据我姐说，他当年又瘦又矮，跟个小鸡崽一样。职高跟一中比不了，乱得很，像他这样的，一进去就是别人的欺负对象。

"当时有人要整朱浩，故意把他推进女厕所。我姐正好在里面上厕所，其实他什么都没看到，是闭着眼睛的。但我姐一出厕所就把他打了一顿，打到在地上起不来的那种。"

程燃："……"

秦天边剥着卤水毛豆，边继续说："我姐那时候差不多是职高的一姐吧，基本上没人敢惹她。把朱浩推进女厕所的是和朱浩一届的男生，我姐打完朱浩之后，他们吓得都不敢说话了。然后，我姐又当着他们的面把朱浩拉起来，说'从今天开始，这就是我男朋友'。"

程燃：不愧是梦姐。

"朱浩挨了顿打，得到我姐这个靠山，不亏。不过，没过多久外校有人来找我姐麻烦，没找到我姐，就把朱浩抓过去问我姐在哪儿，没想到这小子还挺硬气，不管怎么打他都没说过一个字。这顿打挺凶，他去住院了，还休学了一段时间吧。在他重新回学校之前，我姐就毕业了，后来我姐又去外地学美容美发，估计就没联系了。"

这些大概都是秦天缠着秦梦问出来的，因为那都是快十年前的事了，那会儿秦天可能才刚上小学吧，屁都不懂的年纪。

烤好的串终于被老板端上桌，秦天抓着那只烤鹌鹑恶狠狠地咬了一口。

"但我看梦姐好像也没反感朱浩？"程燃挑了根小肉串，聊胜于无地吃着，"倒是你，有点过于激动。"

秦天有些忧伤，怔了几秒，叹了口气，说："其实我也不是反对我姐谈恋爱，我就是觉得朱浩……不靠谱。"

家庭问题旁人也不好置喙，程燃没多说什么，就安安静静地陪秦天吃了顿夜宵。

十点半的时候两人结账各回各家，程燃插着兜继续从小吃街里穿过，路边立着的灯牌把影子照得奇形怪状。

他一抬头，熟悉的四个字映入眼帘——小杨生蚝。

程燃笑了一下，鬼使神差地走过去，说："老板，打包一份烤生蚝。"

回到地质勘察大队宿舍的时候，整个小区都寂静无声。程燃站在门口，没有直接回家，他给赵知著发了条消息："睡了没？"

她回复得倒很快："还没。"

离期末考试没两周了，赵知著前段时间有些分神，现在紧张得不行。

女孩的书桌上到处散落着精致的小物件，打着圈的台历本，各种花色的抄写本、便笺条和记号笔。书堆得满满的却不杂乱，随手一翻都是漂亮整齐的小字。

赵知著原本正在做卷子，手机一振，她以为是自己设置的倒计时结束了，却没想到是程燃发来的消息。

不知道程燃又搞什么幺蛾子，赵知著决定要是他又病了，那就让他自个儿自生自灭吧。

"嗡——"

手机又振了一下，还是程燃的消息："开门。"

"咔嗒"一声门响，楼道里昏黄的声控灯立时亮起。

程燃倚在赵知著家大门旁边的墙上，看着她笑："夜宵，给你补补。"说着把手里打包的生蚝递过去。

赵知著低头看看包装，这不是她第一次都没吃上的小杨生蚝吗？于是就笑纳了。

"复习得怎么样？"程燃问。

"还行吧。"赵知著换了个站姿，"年级第一应该没问题。"

"别太逞强。"程燃笑了，抬手摸摸赵知著的头。

"啪！"程燃的手被毫不怜惜地一把打下，赵知著瞪了他一眼："你买完烧烤洗手了没！"

程燃依然懒洋洋地靠着墙，浑不吝地笑了笑，下手更准地揉了揉赵知著的发顶，接着自行关了赵知著家的门。

赵知著无语，转身带着生蚝往厨房走去，结果半路上又收到程燃发来的消息："头油了，早点洗洗睡吧。"

哈！赵知著简直要被气笑了，头油到底是因为什么！

为了赵知著的身体，程燃自认为可真是操碎了心。然而他的满腔好意最终还是被赵知著定性为居心叵测。

赵知著冷笑一声，洗了洗手，开始一边吃一边做题。

"我必须得第一。"

程燃躺下开始听英语的时候，赵知著正好做完最后一题，她靠在椅背上也合上了眼睛。

"那你又是，为什么呢？"

高考是所有人的战场，我们在共同的青春里成为最不像敌人的对手，可又是和平年代里真正的你死我活。

于是我只能在以笔挥戈的间隙里想起你，那些念头明明是浮光掠影，却成为我第一千零一夜失眠的缘由。

第九章 final love

路口

忙忙碌碌间，高一要结束了，期末考试近在眼前。太阳一出来的时候，学校里的樟树就更加浓绿逼人。

赵知著看着笔下的题莫名涌上一股焦躁，在瞥见楼下那几朵鲜红的石榴花时更甚。

她本想起身去洗把脸的，结果午休结束的上课铃就响了，只得作罢。

"自习之前，我们开个简短的班会。"韩娜掐着铃声，踩着高跟鞋走上讲台。

这是午休后的第一节课，大部分人都还蒙着，听到声音后揉着眼睛艰难地从课桌上直起身子来。但一看到韩娜手里那一沓雪花一样的打印纸，大家都沉默了。

那是文理分科意向表。

但在这沉默中也有不少人因为终于不用再学自己不喜欢的学科，而按捺不住激动。

"大家应该都知道这是分科表了。"韩娜示意赵知著和王可娴两人上来给大家分发，"拿到之后不要自己瞎填，一定要带回去和家长好好商量一下。"

"韩老师！"底下有学生举手发问了，"那您之后是带文科班，还是理科班呀？"

"我带理科班。"韩娜顿了一下，打趣道，"不过要是有同学因为不喜欢我就选了文科那可千万别哈，没必要委屈自己，可以申请转到别的理科班去。"

有人被韩娜逗笑，气氛缓和了一些。

"给大家一周的时间，下周一统一上交。"韩娜挥挥手，在临走前又返回来叮嘱了一句，"但是千万别因为要分科了就不认真学了。就剩最后一星期，下周的期末考都给我好好考听到没有！"

班上传来稀稀拉拉的回应声，韩娜倒也不是特别在意这个，有答复就满意地走了。

老师一走，班上前前后后就开始小声讨论起来。总有那么些人，会因为舍不得谁而跟着对方做选择。

赵知著、程燃他们几个坐得分散，于是都低头在群里聊。

秦天："我文科太烂了，肯定选理科啊。"

程燃："我选理科。"

赵知著："+1。"

李向阳："我也选理科。"

只有游桃桃一直没说话，赵知著回头看了她几眼，她没有抬头，情绪低落的样子。

过了很久，微信群里才有消息跳出来。

游桃桃："我选文科。"

其实大家大概都料到了一些，但当分岔路真的出现的这一刻，心里还是不太好受。

赵知著明白，最不好受的一定是游桃桃。

　　她没有给游桃桃发微信消息，反而用了传字条的方式。

　　游桃桃拆开字条，端正挺秀的字映入眼帘，赵知著写得很用力，像灌注了一百二十分的认真。

　　"有时候的背道而驰，是为了殊途同归。"

　　游桃桃抬起头来和赵知著对视了一下，眼睛还红着，却是笑着的。

　　在气温日渐嚣张的酷暑里，期末考试如期而至。这会是他们最后一次连考三天才结束的考试。

　　文综是最后一场，考完后是中午最热的时候。

　　赵知著和游桃桃走在同一把遮阳伞下，其他三个男生走在她们身后，提溜着空荡荡的书包，给她们递去冰可乐。

　　暑假了。

　　烈日打消了大部分人出去玩的心情，于是他们草草告别，坐着公交车各回各家。

　　赵知著第一次赶上这么冷清的3路车，和程燃相顾无言地面对面站着。几秒之后，两人心照不宣地拿出耳机，一起堵上这份尴尬。

　　回到家赵知著做的第一件事就是脱衣服洗澡。提前把空调开好，洗完澡后清爽地坐在沙发上吃西瓜。

　　这才是暑假该做的事。

　　惬意的下午眨眼就没了，六点的时候赵知著收拾收拾准备出门。转了两趟公交车，天色从晚霞遍布到霓虹闪烁。

　　赵知著打算来市文化宫碰碰运气找个兼职。

由于一直以来学习都很紧张，所以赵知著也从不在吃上委屈自己。但银行卡上的余额随着日常开销越来越少，她每每看到都觉得坐立难安。

街上形形色色的培训班，口号和传单满天飞。总有家长拉着一脸苦大仇深的孩子步履匆匆地赶上课，穿着舞蹈服的女孩子们像蝴蝶一样嬉笑而过，又或者是玩滑板的男孩在广场引起呼声阵阵。

像赵知著这样形单影只又全无目标的人，一站在其中就觉得万分打眼。

蹲守在路口发传单的大叔把花花绿绿的打印纸往心神不宁的赵知著手里一塞："姑娘，补习吗？"

赵知著就着路灯低头往传单上扫了一眼——封闭集训、名师定制、冲刺高考，名校不是梦，复读生八五折！

"没考好也别灰心，现在再来一年也不晚，来我们启通看看？"

赵知著终于反应过来，这是把她当成高考失利的应届生了。

"你们这里……只辅导高三学生吗？"赵知著问。

"高一高二我们也有啊！单科全科，预习巩固，还有艺术生文化专训，我们都有的！"大叔推销得很认真。

"小学初中有没有？"

"这个啊，这个没有。"大叔摇摇头，"我们专做高中这块。"

"怎么，你是有……弟弟妹妹要补习？"大叔看起来很闲，再次和赵知著搭话。

"我想做兼职老师，您有没有可以介绍的？全科都可以，最好是小学初中。"

"这样啊……"大叔沉吟片刻，接着突然一拍大腿，"啊！有了！前面那家智飞培优你去试试吧，前两天他们还在招高考毕业生做兼职来着。"

"好，谢谢您。"

感谢完大叔后，赵知著决定去那家智飞培优看看，至少站在这里看来，那家机构的铺面还是挺亮堂的。

赵知著从文化宫门口的广场穿过去，小心翼翼地避开那些飞速跃过的滑板少年，丝毫没有注意身后有一双熟悉的眼睛锁定了她。

"欸欸。"男生抱着滑板在程燃面前打了两个响指，"到你了燃哥，上不上啊？"

"你再跟他们玩几盘吧。"程燃和他说着话，眼睛却没往他身上看。

"不玩，累了。"男生觉得没意思，手一撑坐到了广场绿化带的高台子上，"你在看啥？"

这孩子终于发现程燃没在看他了，于是顺着程燃的目光看过去，正好在赵知著踏进培训班的前一秒捕捉到，惊呼道："我去！妹子啊！"

"哪有妹子，一放暑假全是小学生。"蹲在地上玩组队游戏的另一个戴棒球帽男孩头也不抬就杠道。

"说你了吗！"坐在高台上的男生弯腰一招泰山压顶就往人头上拍了下去。

棒球帽男孩手一抖，手机"啪叽"一下掉地上了，屏幕碎没碎暂且不论，反正游戏是死得透透的了。

"二毛，我要杀了你！"棒球帽男孩站起身，一胳膊肘把毛雨轩从高台上给拐下来，两个人立马就打起来了。

他俩要是哪天不打架了才奇怪，程燃也没管。倒是赵知著，她去补习机构干什么，而且这么久了还没出来。

他拍了拍打架那两人，叫住棒球帽男孩："飞仔，去你家店里帮我看看。"

"看什么啊？"乔飞回过头来，一脸茫然。

"大——嫂——"毛雨轩站在程燃身后对乔飞挤眉弄眼做口型。

乔飞眼里瞬间写满了震惊，至于程燃说了什么压根就没听，拿下滑板脚一踩就起飞了。

程燃："……"

"您好，请问这边还招兼职补习老师吗？"店里开了空调，赵知著关上推拉门后才发问。店铺空间不大，但是装修得很干净，两边都是书柜和张贴的宣传海报，还有木质楼梯通往楼上。

"招啊。"阿姨端着盒饭从电脑后面探出头来，打量了赵知著一眼，"你来应聘的？"

"嗯。"赵知著走过去，把包里带来的学生证、各类成绩单和获奖证书都掏出来递给那个阿姨，"这是我的一些资料，您看看有适合我的岗位吗？"

女人放下饭碗，翻看起赵知著的证书来。

"你成绩倒是挺好，就是可惜还没高中毕业，现在高中孩子的补习还是最多的。"看了半天，阿姨终于开始说话了。

"现在有点麻烦的就是你除了才刚上完高一之外，你初中是在国际中学念的，和我们这边的教材不一样，家长恐怕会有意见。"

赵知著没说话，心里感觉多半要凉凉。

就在这时，门被"唰"地推开，一个戴着棒球帽的男孩冲了进来，脚下还踢着滑板，喊了声"妈"后，就走到空调底下吹冷风去了。

"说了多少遍进出关门，这点冷气全跑了！"女人露出亲妈才有的嫌弃表情。

赵知著默默地走去帮忙把门带上。

"不过，你的英语是真的好，在国际中学的经历反而加分。"阿姨和赵知著的聊天重新回到正轨，"我们在滨江花园有一个客户正好在找英语家教，女孩子刚读初一，一小时三百块，是真的高价了哦，你愿意试试吗？"

这算什么，天意吗？赵知著觉得可能天要绝她。

"不好意思，因为个人原因，这个小区我不是很方便……"赵知著还是回绝了。

女人有点可惜，感叹了一声。反而是那个还在吹冷气的男孩，回过头来看了赵知著一眼，仿佛要在她脸上看出是什么"个人原因"来。

但赵知著一抬眼看他，他又飞速地把脸转了过去。

"咳！"正当赵知著准备过去收拾证书另选他家的时候，那个男孩说话了，"妈，咱家隔壁不是托你给她家囡囡找钢琴老师吗……"

"是了是了！"一语惊醒梦中人，赵知著一堆优异的成绩单里头还有钢琴证书和国际赛的获奖证书，女人赶紧对赵知著说，"给小学四年级的孩子上钢琴家教课你是可以的吧。小区就在文化宫的后面，书香竹韵。"

"这个可以的。"赵知著乖巧地点点头。

"那好，明天晚上七点吧，我让她家长过来，价格什么的你自己和她谈。钱的话我们就按每节课来分，三七开你看好吗？"女人雷厉风行，"啪啪啪"就打好了算盘。

"行。"赵知著点头应下，心想反正价钱要是不符合预期就不去了。卡里的存款省着点撑到毕业没什么大问题，还是自己的成绩最重要。

乔飞见大事已成，就又踩着滑板无声地消失了，深藏功与名。

"燃哥！"乔飞疾驰而来，一脸"我超牛刚办了大事"的表情，"搞定了！我让那妹子去我家隔壁教钢琴去了，你要想找她随时啊！"乔飞开始挤眉弄眼。

程燃一脸无语："我干吗要去你家找她？她和我一个班。"

"那你还这么折腾我！"乔飞愤怒了。

"我也没让你帮她。"程燃叹气，"我就是好奇她去干吗而已。"

"所以你跟她不熟？"毛雨轩问。

"不熟。"程燃斩钉截铁道。

乔飞、毛雨轩：哈，信了你的鬼话！

"对了，今天秦天怎么没来？"毛雨轩又问。

"他说有流氓骚扰他姐，他得守着。"程燃回答完盯着滑板突然想玩两把，于是脚一踩，瞬间人就远了。

徒留乔飞对着毛雨轩翻了个白眼："谁敢骚扰梦姐啊——"

暑假里大家都各过各的，男生女生就更玩不到一块儿了。赵知著和游桃桃家隔得远，天也热，她们懒得跑，一放假就再也没见过面。

更何况游桃桃现在是关键时期，在家和她爸妈抗争，说之后想学画画参加艺考。她爸妈气得门都不让她出。

赵知著一个人的生活倒是安排得井然有序，白天就好好学习，认真做题，周二、周四和周末晚上去书香竹韵教人家小姑娘弹钢琴，一三五不去的时候就宅在家里看电影、吃零食、发呆。

　　下午六点闹钟一到，赵知著便提着她的单肩小包准时出门。没想到门一开就碰到了许久未见的程燃，他抱着篮球气喘吁吁地准备掏钥匙回家。

　　她朝程燃点点头，接着就要下楼去。

　　"等等。"程燃突然叫住赵知著。

　　赵知著回过头来看着他。

　　"实验附中的期末试卷，要不要？"

　　实验附中和一中是龙溪并列的两所重点中学，甚至近几年来的市状元都出自实验附中。赵知著确实挺好奇他们的卷子的，顺便也能看看自己在实验附中的话能排到第几。

　　"你做过了？"赵知著问程燃。

　　"嗯。只写了数理化和英语，文科主观题太多了没参考性。"

　　"分数怎么样？"

　　程燃笑了下："英语比他们第一少两分，理综和数学还是第一。"

　　说到这个，赵知著就不爽，这次期末考试还是让程燃拔了头筹。不过她也尽全力了，输得心服口服。

　　她摆摆手："晚上我回来再找你拿。"说着继续下楼去。

　　"喂。"程燃再次把赵知著叫住，臂弯里夹着篮球靠在门上，嘴角带笑盯着她明知故问，"大晚上去哪儿啊？"

　　赵知著把小包挎上自己肩头，撩着头发转身一笑，睁眼说瞎话："去蹦迪。"

　　两人互相挥挥手，一个轻巧地下楼，一个低头继续开门，身影同时消失在三楼的楼道里。

水幕从淋浴头里劈头盖脸地砸下来，冲洗着热气腾腾又蓬勃的年轻身躯，某位姑娘的大长腿如白虹贯日般出现在少年脑海，令人躁动。

今天是赵知著领月结工资的日子，余额宝里的数字一下变得十分可观。于是她上完钢琴课一出来，觉得天也凉爽，灯也璀璨，烧烤也更香了。

一不做二不休，赵知著喜滋滋地绕路去了那家她觉得最好吃的烧烤摊，孜然味和辣椒粉刺激着人最原始的欲望，她打包了满满一口袋准备回去就着冰西瓜和可乐大快朵颐。

这家烧烤摊离地质勘察大队宿舍还有三条街的距离，不远不近的。

于是赵知著脚步匆匆——希望回到家烧烤还能热乎着。

如果说龙溪也有五环的区别的话，那地质勘察大队宿舍基本属于外环。

晚上十点，街两边的店面已经关得差不多了，剩下的也只有一些亮着昏暗光线的按摩修脚店。

赵知著捏紧了手中的外卖袋，状似不经意地观察着自己的影子在路灯下的变化规律——她身后有个男人跟了她两条街了。

等走完这个路口再一拐，就是一片拆迁中的危墙，连那稀稀拉拉的店铺都没了。

那个男人走得不紧不慢，一直离赵知著十几米的距离。但这种慢慢逼近的感觉比突然的惊吓更令人心悸，赵知著没忍住回过头看了一眼，那个男人竟然一直在盯着她，他像鬣狗一样注视着她的眼睛，然后突然笑了一下。

赵知著赶紧把头转了回来，可她不敢跑，因为那个人身边还跟着一条没有牵绳的中型犬。那狗腮边耷拉着两块肉，张着嘴，口涎顺着尖利的犬齿往下淌——总而言之，符合一切赵知著对于恶犬的定义。

她有点腿软。

赵知著尽量让自己表现得毫无察觉，掏出手机打了个电话。

谢天谢地，电话秒接了！

赵知著捏着比平常软八度的声音开口撒娇："亲爱的，你抽烟跑哪儿去了啊？怎么还没过来，我都快走到了。"

程燃瞬间将鼠标一扔站起身来，皱着眉问："你在哪儿？"

"我就顺着买烧烤的路走的呀，再拐个弯就到小区了。"

"别挂电话，等我！"

程燃拿钥匙的时候还被耳机线缠住了，他手忙脚乱懒得管，皱着眉直接扯了耳机一起跑。

赵知著挨着时间迈着小碎步往前走，反正就是不离开最后一家还开着灯的店门口，边举手机演戏，边踢着小石子原地转圈。

那个人也越走越近。

两分钟后，程燃冲到路口看到赵知著就及时刹住了脚步，调整呼吸向她走去。

此时，那个男人带着他的狗也走到了赵知著旁边。

赵知著甚至能感受到那条狗呼哧出的粗重气息。

赵知著的神经绷到了极限，浑身发冷，身体比头脑先一步做出躲避的自然反应——她扯过离她还有一步远的程燃的 T 恤，紧紧闭着眼睛一脑袋抵上了他的肩，仿佛看不到狗就是身边没有狗。

程燃穿着大裤衩加拖鞋，和那个男人对视了一眼。那哥们像是三天三夜没睡的样子，除了有条狗应该根本就不具备任何武力值。

那人也许暗自掂量了一下自己的贼心贼胆，最终决定带着狗缓步离开。

周围终于完全安静下来，程燃的心跳声通过骨传导完完全全地进入赵知著的脑海，夜风微微鼓动着少年刚沐浴完的清爽气息。

赵知著终于从这份温热中回过神来，立马眼观鼻鼻观心地乖乖站好。

程燃看看头一次如此乖巧的赵知著，又看看她手里依然紧紧攥着的外卖袋，被气笑了："你就这么想吃？"

今天已经把该丢的不该丢的脸都丢尽了，但如果到最后烧烤也没了，那真是赔了夫人又折兵。

赵知著决定不说话。

"走吧。"程燃带着赵知著往家走去。

两人一路沉默，直到走到家门口，程燃才突然开口："以后想吃什么跟我说。"

"什么意思？"赵知著一愣。

程燃叹了口气："付跑腿费我给你买。"

赵知著顿了片刻，还没完全从刚刚的尴尬里抽身出来，别扭地回了句："哦。"

接着，她迅速地开门躲回家，强行控制自己嘴角的弧度，卷子什么的早忘得一干二净。

桌上的平板电脑一打开还是下午暂停中的画面，英剧复古精致的色调明明和这个夏天里的十八线小城格格不入，但是赵知著的心却像嗑了过量咖啡似的雀跃放飞，将穿着T恤大裤衩的少年与中世纪的骑士逐渐重合。

赵知著突然觉得专属外卖骑手和骑士好像也没什么区别，总有下一分钟，某个骑士会踏着五彩祥云掠过无数路口，摁响门铃送来炸肉串、烤鸡翅、麻辣烫还有冰可乐。

也不知道这姑娘心动的是以后随叫随到的夜宵下午茶，还是别的什么。

暑假在日复一日中逝去，离开学只剩没几天的时候，游桃桃久违地出现在了群聊里召唤全员。

游桃桃："我解禁啦！@全体成员 出来喝奶茶啊，我请客！"

赵知著："抗战胜利了？"

游桃桃："胜利了。【龇牙笑】"

秦天："没啥说的，去哪儿？"

游桃桃："冰菓鲜奶吧，怎么样？"

赵知著："行，那就两点到冰菓。"

李向阳："好。"

程燃："OK！"

下午一点半，赵知著涂好防晒霜戴着鸭舌帽和遮阳伞，全副武装地敲响了程燃家的门："好了没？出发了。"

宅在家近乎裸奔的程燃抓起一条大裤衩套上然后走去开门，对赵知著说："你先进来，我洗把脸。"

破天荒的，赵知著在程燃家日常只放着游戏手柄的茶几上看到了一堆针线包，以及一条缝到一半的破洞牛仔裤。

赵知著沉默了良久，她第一次面对一个会自行把破洞牛仔裤上的洞给缝起来的，十七岁少年。

这瞬间使她都忘了程燃会针线活也是值得震惊的一件事。

通常在一场日常聚会里，只要女生没有迟到，那么百分之八十的概率大家都是准时的。赵知著和程燃捆绑出发自然不会晚，而游桃桃搞定她爸妈之后又重归了大小姐身份，潇洒地坐着私家车也准时抵达地点。

赵知著让程燃提前一条街把她放下车，最终也踩着点到了。

但是大家真没想到，秦天这次破天荒地有备而来。

他背了个包，书包，真的装了书的包。

"燃哥，你给我看看，这几题都在说啥啊？我完全摸不到入手点。"秦天把暑假发的数学、物理卷子拿出来，将笔和草稿纸一应摆好。

"……"

众人悚然。

但是秦天丝毫没有察觉，并且招呼赵知著和李向阳一并过来："你们也来看看啊，也许有更好的方法。"

程燃一声轻笑，抱着光明正大撸寸头的热爱去了。

游桃桃、赵知著和李向阳则负责下楼点单，他们五个人大张旗鼓一坐，正好把奶茶店阁楼上小小的空间给占满，也不用担心其他人上来打扰。

结果二十分钟后，给秦天讲题变成了程燃和赵知著的物理竞赛PK，李向阳则在旁边认认真真地观看，时不时地推推眼镜。

万幸秦天粗神经，被夹在中间也不觉得左右为难。反正听不懂，他喜滋滋地开始吃薯条。

游桃桃也在吃，暑假在家被禁了一个多月的足，她实在是太久没吃这些零食了。

但到底游桃桃顾及自己还在减肥，于是克制地停了手。她抬头问秦天："你还有草稿纸和笔没？"

"有啊。"

"撕张纸给我。"

于是游桃桃开始低头画速写，纸面小能力也有限，场景不好画，她以上帝视角看向桌子那一角，决定画四人最边缘的李向阳。

李向阳推推眼镜，在游桃桃低头的间隙看过去，只一眼，发现她在画自己之后，捏紧的手心都感觉燃烧起来了，程燃和赵知著后续讲了什么也一句都听不见了。

他甚至不知道他们什么时候结束了讲题开始打闹闲聊。

很多年后，李向阳鼻梁上的黑框眼镜已经变成了精细的金框，他终日穿着剪裁得体的套装出入城市中心的金融街，与人气定神闲地握手交谈。谁也不知道他为什么只喜欢水蜜桃味的空气香氛，不知道他钱夹的最深处有一张边缘参差，沾满番茄渍的老旧稿纸，上面有他全部的青春。

"差不多散了吧？"日暮西斜，一群人坐得屁股都疼了，终于有人提出散场。

　　于是大家纷纷起身，说好的富婆桃桃请客当仁不让，自然也没谁瞎客气。

　　刚一出门，赵知著就被一晃而过的阳光刺了眼。程燃知道最近赵知著一直在滴眼药水，于是不动声色地向前走了一步，将光线全部拦下。

　　原本大家都打算各回各家了，秦天一声惊呼："完了，今天28号我差点忘了！"

　　"怎么了？"游桃桃被他吓一跳。

　　程燃一思索，莞尔道："今天是梦姐生日。"

　　秦天挠着头左顾右盼，看到冰菓鲜奶吧旁边的一个电玩部落，他说："这样吧，我去给她抓个娃娃，你们要有事可以先走。"

　　李向阳反而震惊了，他推推眼镜："不会是你自己想玩吧？"

　　毕竟他们也听说了梦姐曾经年少轻狂的岁月。

　　程燃叹了口气，揽上李向阳的肩头："你不懂，这是我姐仅剩的少女心了……"

　　"那干脆我们再玩会儿吧。"游桃桃大概真的是憋坏了，看到电玩部落门口有两个迷你唱吧，马上拉着赵知著钻进去唱歌了。

　　一眨眼，徒留程燃和李向阳呆立在门口。

　　程燃插着兜转身问李向阳："我换点币一起玩？"

　　他摇了摇头。

　　程燃也没再说话，就静静地陪李向阳站着。

　　于是两人在黄昏的斜阳里并肩而立，也不知是谁先看向街角。女孩们坐在高脚椅上拿着话筒唱歌，笑弯了腰又直起来，舒展的背影像白色的鸟停落在男孩的瞳孔里。

背后硬币"叮"的一声落入游戏机，那不停闪着光翻转的 AB 面像每一个我们曾经或未来要面对的路口。

　　迷你 KTV 屏幕上的歌词逐渐被夕阳笼罩——

　　每个早晨七点半就自然醒
　　每个路口花都开在阳光里
　　晒好的衣服味道很安心
　　小店门口传来好听的恋曲
　　一切都是柔软又宁静

　　日落之前斜阳融进小河里
　　见面有聊不完的话题
　　这是最完美的一天啊
　　只有晚风轻拂着脸颊
　　总有一天我们会找到她……

　　总有一天，我们会找到她。

第十章

first love

辞旧

升入高二后的开学像是一场草原大迁徙。

无数小崽子背着书包站在陌生的班级门前，准备重新体验一遍从陌生到熟悉，适者生存的过程。

学校大概借着文理分班的机会，依据成绩有意整理了一遍班级构成。一班的大多数人还是稳定地留在了一班，与此同时，进来的还有往常总是能在年级榜首页上看到的那几个人。

秦天期末考试排在班级倒数，不过如果摒除文科成绩只算理科的话，还能过得去，于是总算是吊车尾有惊无险地留在一班了。

由此可见，就算游桃桃没有选文科，也势必无法跟大家再同班。

即使换了新班，第一第二还是被程燃、赵知著给轮流承包的。

但赵知著没想到王可娴再次坐在了她旁边，她掐着眉心叹气，心想着王可娴竟然没去文科班，未来两年有得受了……

当然，日子照过。大课间和午休之类的时候，赵知著依然和游桃桃待在一块儿。有时候游桃桃在一班门口等赵知著下课，有时候赵知著在学校画室门口等游桃桃去吃饭。

他们五个人的微信群也没有冷寂下来，该说口水话还是说。

那天在冰菓聚完之后，当晚秦天就在群里暴风哭泣——

秦天："我姐不爱我了！"

秦天："这明明是她最爱的比卡丘啊！"

秦天："都怪朱浩那个大猪蹄子！"

秦天："他竟然搬了一整台娃娃机送我姐！"

秦天："【失宠 jpg.】"

……

此后微信群里日常可见秦天和朱浩斗智斗勇的过程。

大家都看得乐此不疲，赵知著小声地敲敲画室的玻璃窗，确认游桃桃看到她之后，又低下头继续看秦天关于"朱浩送了他全套《五年高考三年模拟》作为开学礼物"的吐槽。

"等我一下，我先去洗个手呀。"游桃桃从画室出来，又轻轻地把门给带上。

画室里每天都紧闭着门窗，窗帘也拉得死死的，总有人猜测他们是不是在里头画什么违禁人体。

其实不然。

"冤死了，我们倒是想画人体，可去哪儿找模特啊，关门关窗都是为了固定打光好不好！"说到这个，游桃桃就来气，戳着盘里的红烧肉义形于色地跟自家小姐妹吐槽。

这个赵知著完全可以做证，刚过完教师节，游桃桃他们画室的老师把学生送他的礼物全都摆成了一组组静物，24 小时伫立在写生射灯的光柱下。

"你吃完饭回教室上晚自习，还是去画室？"赵知著问游桃桃。

龙溪一中规定艺体生在自习课的时候可以自行决定要不要去训练。

"晚上地理老师讲试卷，我还是回教室吧。"游桃桃又塞了一大口米饭。

好像分科完不用再应付理科之后，游桃桃的学习积极性和食欲都更好了。

"明天你生日要不要叫上大家一起出去玩，唱 K 什么的，正好周五不用上晚自习。"游桃桃问。

"不了吧……我有点事。"赵知著突然停顿了一下，还是拒绝了。

开学之后她和囡囡妈妈商量了一下，钢琴课还是继续，只不过变为一周一次，就定在每周五的晚上，她不想随便请假。

游桃桃觉得奇怪，没多想便随口问了："什么事啊？"

"没什么，家里的事。"

游桃桃反应过来，没再问下去。虽然赵知著从不主动和游桃桃讲家里的事情，但她大概也能猜到赵知著和家里的关系并不太好。

第二天赵知著的抽屉里被塞得满满的。

游桃桃送了条围巾，经典格纹，只是现在还用不到。秦天送了副头戴式耳机，说打游戏验证过了，音质妥妥的，绝对够赵知著听听力。李向阳送了本原文版的《瓦尔登湖》，虽然赵知著目前还不太能理解这种田园生活的美好。

分班之后秦天他们见游桃桃的次数也少了，好不容易她来一班一次，秦天赶紧铆足了劲损人家。

"大热天的你送什么围巾啊！"

去文科班之后的游桃桃精神爽快，竟然跟秦天互怼起来了："秋天到了冬天还会远吗？月考要来了期末还会远吗？"

一听"期末"二字，秦天就老老实实蔫儿回去了。

"对了。"一直默默在旁边的李向阳突然从包里拿出好几个笔记本，递给游桃桃，"这是我高一时整理的文综笔记，现在我自己也没用了，送给你吧。"

　　有点突然，游桃桃愣住了。李向阳暗自紧张地低头扶眼镜，气氛逐渐尴尬。

　　于是今日的寿星下场化解，赵知著拍拍游桃桃的脑袋，说："收着吧，我和程燃两个人的笔记加起来都比不上他，不拿白不拿。"

　　"说到这个——"秦天胳膊一撑转了个身，问还坐在座位上边转笔边低头看手机的程燃，"燃哥，你怎么一点生日表示都没有？"

　　"这有什么奇怪的。"坐在中间看不进书的王可娴翻了个白眼，"要不是有你们几个，他俩话都懒得说吧。"

　　游桃桃和秦天面面相觑：好像有道理。

　　早上刚大发善心砸门叫醒上学快迟到的邻居的赵知著："……"

　　刚被赵知著吃空冰箱打算晚上去屯菜的程燃："……"

　　看破一切的李向阳：行吧，大家开心就好。

　　"我不知道今天你生日。"王可娴一本正经地开口，"只有一个挂饰小熊可以送人，但你肯定不喜欢毛绒玩具。"

　　最后她自己一锤定音："那就这样吧，祝你生日快乐，礼物我就不送了。"

　　赵知著："谢谢……"

　　"不用谢。"王可娴摆手，下一秒就掏出了她的英语作业，"但你可以帮我看看这道题……"

　　赵知著：我太难了。

"这就是一个普通的函数问题啊，你把上面的公式代入进去。"

又是来找她问题目的，赵知著低头在手机上"啪嗒啪嗒"地打字，从下公交车进小区开始就没停过。

赵知著从小到大朋友没几个，以前的同学还都去了各大洋彼岸，时差和环境的变化让她们之间的联系也越来越少。

如果不是因为题实在不会做，那远在日不落帝国的齐小佳恐怕也不会想起她来。

小区里灯光昏暗，蚊子众多，好在龙溪一中的校服不像国际中学的裙子，收脚的长运动裤至少把腿保护得严严实实。

就是有点热。

但当赵知著一踏入楼道口之后，阴凉的气流便迎面而来。老建筑似乎都是这样。

赵知著拾级而上，一层层的感应灯陆续亮起来。

齐小佳："对了，今年圣诞我和颜萱她们准备去芬兰，你要不要一起？"

赵知著的脚步停住了，屏幕上齐小佳又发来第二句："听说还有姆明圣诞展。"

齐小佳一直以为姆明是赵知著最喜欢的虚拟角色，因为她有一个姆明玩偶，从小到大，永远放在床头。

但其实喜欢姆明的是赵知著的妈妈杜欢颜，赵知著对于姆明的印象也不是来自于日本制作的动画，而是她妈妈给她念的一本又一本的原版故事书。

杜欢颜一直很想去芬兰，一家三口，像姆明一家一样。但直至生命的尽头也没有实现。

这种邀约，赵知著自然还是拒绝的，她故作轻松地回复："姐姐，国内圣诞不放假啊，你们去吧。"

赵知著继续往上爬，当余光扫到墙壁上熟悉的红色开锁小广告之后，就知道该把兜里的钥匙掏出来了。

可再一抬头，她捏着钥匙就静止住了——她的门把手上，挂着一个拳头大小的姆明挂饰，它的两手之间扯着一小块布，上面是歪歪扭扭"生日快乐"四个字。

棉花填充得很饱满，身体也算得上左右对称，但这针脚一看就是手工缝制。

赵知著莞尔一笑，除了那个会针线活还在她家游荡过的好邻居，还有谁会手工制作一只姆明挂在门口送给她呢。

赵知著："谢啦！【图片】"

程燃收到消息的时候刚洗完澡出来，用还带着水汽的手指解锁了屏幕。一入眼就是他花了好几个晚上做好的姆明挂饰，被赵知著放在她那只大姆明玩偶怀里的照片。

他想过好多种情况，猜测赵知著可能会挂在包上、挂在钥匙上，或者就放在书桌上，但他绝对没有想到，这只歪瓜裂枣的姆明会被赵知著放在枕头旁边。

程燃作为一个正常男孩不禁浮想联翩气血上涌，他挠挠头，心想，是不是一开始就不该送这个？

总归高二不比高一，连韩娜这种懒散的班主任都开始耳提面命起来。教导主任终日游窜在走廊上，从一班后窗一路审视到二十班去。

一转眼，期中已过，天气也开始慢慢转凉。

　　大清早的，秦天心不在焉地骑着自行车进学校，硬生生地把一辆死飞晃悠出了二八杠的气质。程燃还在公交车上的时候就看到秦天了，一进校门就跟在他后头喊了几声，但秦天置若罔闻。

　　学校停车棚旁边种了一整排的栾树，此时长势正好，橙红的果子挂满枝头，一劲儿地往车筐里掉。

　　程燃见秦天没回应，便顺手捡了几颗栾树果，往秦天背上一弹。

　　秦天怔怔地转过身来，一看到程燃，迷茫的小眼神瞬间脆弱。他仿佛一个大龄留守儿童，扯着他燃哥的书包带子泪眼蒙眬，说："我姐要跟朱浩结婚了。"

　　能玩在一块儿的人大抵总有些相似。程燃爸妈醉心科研，基本上程燃是自己一个人长大的。而秦天，爸爸去世，妈妈改嫁，从初中到现在身边的亲人只有秦梦一个。

　　鉴于秦天难得一见的伤感，五人组中午在食堂进行了一场短暂的聚餐。

　　"唉，女人不都是这样吗？一结婚所有的时间都围着老公和自己的孩子打转，别的也不管了。"秦天老神在在地说道。

　　"那你想怎样？"赵知著依然是那个面无表情的赵知著，"让你姐一辈子围着你打转吗？她是你姐不是你妈。"

　　秦天被伤得好彻底，盘子里的红烧肉都不香了，颤颤巍巍地指着赵知著道："赵霸天，你没有心！"

　　"但我觉得秦梦姐不像是那种只会家长里短的女生啊。"游桃桃默默开口，对秦天说的女性刻板印象表示反对，"而且现在的女生都更想为自己活好不好……"

"唉，我知道我姐不是那样的人。"秦天叹了口气，委委屈屈道，"我就是酸酸还不行嘛。"

程燃笑了笑没说话，因为他知道秦天本质就是个姐控，觉得以朱浩的条件根本配不上他姐。至于这种失宠的情绪当然还是会有，毕竟经历过亲妈改嫁后就杳无音信的事情，但他又怎么会真的阻止秦梦去开展新生活。

"那个朱浩……"李向阳没见过朱浩，但知道他是那群混混所谓的老大，心中不安，"到底是干吗的？"

"正经来说的话是开洗车店的。"秦天回答，"而且他已经跟我姐保证要退出江湖了。"

那群混混说到底都是纸老虎，撑死只敢欺负欺负小学生，要不当初那瘦黄毛连程燃他们几个都躲呢。那假钞也是没留神被人家坑了，被催账之下，抱着侥幸心理才给了李向阳，还被发现了。

"那就好。"李向阳的顾虑解除，还是习惯性地推推眼镜，然后继续埋头吃饭。

一个月后，秦梦和朱浩正式完婚。

那时候已是霜降，秦天请了一整天的假。清晨五点化妆师来他家给秦梦化妆，天气已冷，秦梦没穿婚纱穿的是大红龙凤褂。

秦天从来没看过他姐这么美的时刻，一时间更觉得便宜了朱浩那小子。

六点的时候天还蒙蒙亮，冬雾弥漫，几串鞭炮下去空气里的能见度更低了。唯独秦梦身上的那抹红色，远远就能让人瞧见。

即使秦梦家人丁稀少，但架不住乡下婚礼的热闹，从早上四五点

/ 166 /

到晚上七八点，秦天又当娘家人小舅子，又当伴娘伴郎的，身兼数职。

最后他还被席间的长辈把年龄四舍五入归为成年，三大碗黄酒被灌下肚，不省人事。

"祥叔也给了四百块。"

秦天意识模糊中听到朱浩的声音，但他脑袋像被万马奔腾过一样，又晕又痛，无法睁眼。

"现在一共多少了？"秦梦问朱浩。

"两万四千八。"

听起来他们是在数红包，秦天依然躺在沙发上装睡没有动弹。

朱浩凑过去撒娇："媳妇儿，我们拿红包去度蜜月吧，普吉岛怎么样？你不是一直想去海边吗？"

"不去。"秦梦一口回绝，"就去东部沿海的那些岛上吧，随便走走就行了。"

"为什么啊？"朱浩问。

"这不还有一个未成年的小崽子嗷嗷待哺嘛！"

秦天感觉到有目光落在自己身上。

秦梦笑了一下："怎么着也得熬到他大学毕业。"

"也是。"朱浩是真听秦梦的话，不会多说什么，但他看秦天睡了几小时了还没动静，也纳闷了，"不过天天怎么还在睡？"

秦梦白了朱浩一眼："你还好意思说。你老家那些叔伯兄弟也不知道给他灌了多少酒，他还是个正儿八经的高中生啊，又不像我们那时候整天在外面混，哪会喝酒。等会儿给他老师打电话再请一天假吧。"

十分钟后，秦天在一片黑暗中睁开眼睛，流下了重新做人的泪水。

如果说当一个成年人突然想改变自己的时候，会从学英语和健身开始；那么当一个学渣要洗心革面的时候，一定会从制订学习计划表开始。

先不谈秦天将学习计划实践得如何，单是他突然早读再也不迟到，作业不再抄，就足够令所有人震惊了。

于是接下来期末前的这一个月，秦天成了所有老师挂在嘴上的活例子——

"这道题你们也要讲啊？连秦天都做对了还要讲，唉……"

"都高二了！还有人抄作业把错别字都抄进去！你还不如学学秦天交空本子上来！"

"赶紧来问我问题哦，过了这个村没这个店了，多学学人家秦天把握机会晓得吧？"

……

最后期末成绩一下来，功夫不负有心人。赵知著、程燃、李向阳自然还是承包前三，可喜可贺的是秦天和游桃桃也慢慢跻身进中游。

人傻欢乐多二人组在微信群里疯狂发表情包，似乎已经预见到今年更有分量的压岁钱了。

赵知著收到分数和排名的短信时还裹在被窝里，这回她以两分之多压过程燃成为第一。看到这个成绩之后，赵知著又默默地把准备起床的念头打消了，她把胳膊缩回了被子里——算了，再睡一会儿吧，龙溪的冬天真的太冷了！

好在囡囡寒假要回老家，于是钢琴课就停了，这又为赵知著的赖床找了个有力借口。

高中生的寒假本来就放得晚，在家没几天就要过年了。

今年冬天的天气冷就算了，还一连下了两三天的雨。白日里拉开窗帘都昏暗到看不清，于是只能开着灯，一时间不知道白天黑夜。

冬雨比下雪还冷，赵知著一直没有出门。但转眼就农历二十九了，她在窗边踱步，最终还是决定裹着自己的羽绒服去超市买年货，不然接下来几天怕是会饿死。

没想到隔壁的程燃和她心有灵犀，"吱呀"一声，同时开了门。

赵知著和程燃探头相觑。

他们互相看了眼对方穿戴整齐的衣服和手里的伞，瞬间明白这不可能只是下去扔个垃圾买瓶酱油什么的。

"咳……"程燃率先问了，"你去干吗？"

"逛超市。"赵知著回答。

"我也是。"

赵知著看看程燃手里那把长柄黑伞，迟疑着问："那不然……一起？"

接着没等程燃答应，她就赶紧把自己的伞放了回去，转身关门一气呵成。

程燃："……"

还没走出楼道冷风就夹着雨丝吹了过来，即使穿着羽绒服赵知著还是觉得浑身凉飕飕的。程燃把他的伞撑开，长柄伞伞面足够大，盖住两人绰绰有余。

就是撑伞的手有点冷。

赵知著早料到这点，不然干吗要蹭伞。她默默地把手揣进自己兜里。

"你爸妈不回来过年？"赵知著问程燃。

"嗯。"程燃也问，"你也一个人？"

"嗯。"赵知著言简意赅地回答。

程燃没问赵知著为什么不回家之类的问题，如果家庭和睦的话怎么会在去年大年初一这样的日子里搬进这里来，既然人家没主动说，他也不主动问。

"那……明天大年三十，要不一起吧，来我家吃饭。"半晌，程燃开口。

赵知著转头看了看他，笑了，说："行啊。那等会儿分工合作，我买零食你买菜。"

"好。"

街道上行人拥簇，但都看不清面孔，只有团团白气从伞面下飘出来。

两小时后，赵知著和程燃满载而归。

第二天，两人的大年三十从中午十一点开始，程燃开始准备食材，让赵知著煮了盘饺子端过去给他应付一下。

接着他们一个在厨房忙活一个在外头拆零食。

下午三点以后，整栋楼都传来"哐哐哐"的剁案板声，还有高压锅的蜂鸣声，窗口飘出带着食物香气的白烟。

陆陆续续地，返乡人扛着包裹牵着娃回家团聚，准备一起吃上这热热闹闹的年夜饭。

赵知著收拾完客厅餐桌，转头看到自己摆好的果盘，一时觉得嗓子干渴，于是拣了个蜜橘剥着吃。

程燃还在厨房里待着，但似乎又没听见动静，赵知著奇怪，拿着橘子过去看。

只见程燃围着围裙，卫衣的袖子已经挽到手肘，正低头用刀背不停地刮着刚处理完虾线的青虾仁。

"你在干吗？"赵知著问。

"做虾滑。"程燃头也没抬，继续着手上的动作。

"吃橘子吗？"赵知著难得友好。

程燃无奈地抬起手来示意自己不方便。

但赵知著剥都剥好了，她走过去把最后两瓣橘子塞进程燃口中，指腹不小心轻轻擦过他的嘴唇。

程燃的心思都在菜板的虾肉上，头也没抬。既然都放到嘴里来了也就顺势咬开，冰凉酸甜的汁水四溅，"咕咚"一声，喉结上下一动，最简单的进食完成。

但赵知著好像被什么电了一样，突然转身往外走，说："那什么……我还有点事，回家一趟啊。"

赵知著你有病吗，没事喂程燃吃什么橘子！

赵知著趴在自家门板上无声哀号，感觉自己和楼道里的压力锅"同命相连"，头顶不停地冒着烟。她不小心碰到程燃嘴唇的那根手指烫到发抖，还有程燃吞咽那一刻的画面像走马灯一样在她脑子里爆炸放映。

疯了！做张卷子冷静一下。

这卷子一做就做到程燃来敲门叫她吃饭。

"吃完饭你洗碗啊，没得商量。"程燃满身疲惫地撑在赵知著家门框上。

"行行行。"赵知著还是有点尴尬，挥手扒拉着程燃，"你走开，别挡着我出门。"

　　程燃做饭还是很可以的，菜往桌上一放，浓香四溢。

　　两人洗手吃饭，一言不发，大概是一天劳动下来饿惨了。程燃做了四菜一汤，对两个人来说绰绰有余，于是他们一直吃到瘫在沙发上动弹不得为止。

　　赵知著强迫自己起来去洗碗——早知道就一起做饭好了，吃饱了还要洗碗真的太痛苦了。

　　等赵知著洗完碗出来，客厅的电视已经开始放《春节联欢晚会》了，敲锣打鼓张灯结彩的，但程燃还是坐在沙发上低头玩手机。

　　"'五福'你集齐了没？"看了几个节目后，程燃突然抬头问。

　　"齐了。"赵知著也坐着，抓了一把开心果嗑着玩。

　　虽然撑是撑了点，但这都是她花了钱的，一定要吃。

　　"'敬业福'你还有吗？"程燃又问。

　　赵知著捞过自己的手机看了一眼，说："没了。"

　　"你再扫扫呗，我感觉这个扫书法字体比较容易出。"说着赵知著左右看了看，"你家怎么连一个'福'字都没有？"

　　"我一个人在家过年贴什么'福'。"程燃懒洋洋的，"春联我也没买，我爸妈在家的话一般是他们写。"

　　"我们家以前也是自己写。"赵知著怔怔答道，恍惚间想起了妈妈和外婆还在的时候。

　　"那你也会写？"程燃笑问。

　　赵知著习惯性地冷哼一声："当然。"说着她还真手痒了，站起身来活动了一下手掌，"你家还有笔墨纸砚没有，我写'福'给你扫吧。"

　　"我找找。"程燃挑眉，把手机揣回兜里，趿着拖鞋走去书房。

没过一会儿，程燃抱着一大卷纸出来了。他把东西放在餐桌上，又进去陆陆续续把墨水、笔搁之类的小东西拿了出来。

趁程燃不停拿东西的空当，赵知著走过去把毛毡宣纸铺好，又挑了一支小狼毫去润笔。她习惯写行书，不过太久没写了，还是先别写太大，免得出丑。

赵知著倒墨，压好纸，程燃坐在一边撑着下巴看。

还挺奇怪，他爸在家写毛笔字的时候他都烦得不行，嫌弃墨汁的味道熏人。但看赵知著写，他忽然就感兴趣起来了。

咳，这一笔没有收好锋，毁了毁了。

赵知著心里山呼海啸，表面却波澜不惊，瞥了程燃一眼，发现他根本看不出什么好与不好，这才放下心来。

她这边笔刚放下，程燃的手机就凑上来了——"和谐"。

程燃委屈巴巴地看了赵知著一眼。

"可能楷书的更好吧。"赵知著转移目光，拒不接收程燃的委屈。

于是她又蘸了蘸墨，顺手写下一个唐楷的"福"字。

结果还是"和谐"。

难道孤男寡女共处一室必得"和谐"吗……

程燃已经不相信赵知著了："你行不行啊——"

"我先练个笔，有本事你写啊！"

"没次数了，我去蚂蚁森林浇水。"程燃说。

赵知著把程燃打发走，决定还是得先练练笔。程燃抱来的大堆宣纸里还有一本《对子集典》，应该是前些年他爸爸写春联的时候用了没有收起来。

赵知著随手翻了翻，挑了一对字数少的写起来。

程燃被赵知著弄得也挺想写毛笔字的，他不是完全没学过，小时候被他爸按着学了点，但实在是没兴趣就放下了。

这会子赵知著霸占了餐桌，于是他只能拿张最小的六尺斗方去茶几写。可他不像赵知著似的，面前有本书，只能看到什么写什么。

几分钟后，程燃拿着自己写好的字和手机去找赵知著继续扫福。

"你也写字了，写的什么？"赵知著放下自己的笔，看到程燃手里的纸上流淌着整齐一笔一画的墨色，说着就要拿过来看看。

程燃却突然有点抗拒，支支吾吾："要不还是算了吧……"

赵知著当然没管这么多，把他手里的纸薅过来，展开在桌上。但没想到这一放，两个人都沉默了——

水底月如天上月，眼中人是面前人。

程燃的六尺斗方摆在上头，仿佛原配的横批——心心相印。

……

啊，沉默。

沉默是今晚的康桥。

两人硬是都没敢对视，生怕一不小心就看到了面前人是眼中人。

"你写'心心相印'……干吗啊……"赵知著第一次问问题这么磕巴。

程燃木然地回答："我家的抽纸，心相印的。"

"哦，那你还扫福吗？"过了一会儿，赵知著又问。

"不扫了，睡觉吧。"

"啊？"赵知著第一次大惊失色。

程燃被她逗笑，低头给她看了眼时间："十一点五十七分了，你不回家？"

的确是，电视里的主持人都排排站好开始串词了。

"行，那我走了。"赵知著把毛笔和墨碟清洗完，接着擦干净手准备回家。

"等等。"程燃又把赵知著叫住，从自己房间拿了一沓卷子出来，"这是实验附中还有另外几所高中奥赛班的期末卷子。"

电视里已经在倒数了。

程燃笑着摸了摸赵知著的头："新年快乐。"

赵知著难得莞尔一笑："新年快乐。"

今年赵知著终于不再是自己祝自己新年快乐。

她抬头看着程燃的眼睛，琥珀色的瞳孔里倒映着她自己——水底月如天上月，眼中人是面前人。

高二下学期和高一下学期比起来，天壤之别。在老师们的眼里，高二下学期约等于高二已经结束，明天你就要高考了。

　　春生夏长，兔缺乌沉。大半个学期下来，把秦天用完的稿纸和游桃桃写完的笔芯加在一起都能塞满整个桌肚。

　　程燃、赵知著他们刷过的题就更不用说。

　　五月初，全校都陷入了紧张的气氛中。时值高三的三模，高一高二的期中考，以往三模向来是各个学校自行安排，但这次龙溪与隔壁两个市进行了一次大规模的联考。

　　大家都说这是要打破三模送安慰分的传统了。

　　下午第三节课，高二一班在上化学课，这个时候早就进入了总复习的阶段，老师翻来覆去地讲题，整个课堂昏昏欲睡。

　　这时，韩娜突然出现在门口，说："赵知著、程燃、李向阳、宋奕，你们跟我出来一下。"

　　其他人瞬间不困了，小声猜测起来。

　　"什么情况啊？"

　　"反正不可能是犯事了，出去的可都是咱们班的学霸。"

　　化学老师张大军又习惯性地提了一下他的裤腰带，拍拍黑板，喝道："看题！看题！"

赵知著他们四个一头雾水地跟着韩娜走出教室，接着在走廊上又陆陆续续碰到了其他班被班主任带出来的学生，定睛一看，可不都是熟面孔——年级榜前排常驻有名的朋友们。

　　估计学校又要给他们开会了。

　　果不其然，门一关，又是熟悉的高二年级组会议室。中年腆肚的教导主任正笑呵呵地坐在中间，把木质办公椅填得满满的。

　　会议很简短，十几分钟后他们就回到了教室，正巧赶上下课铃。

　　"怎么回事啊？"张大军前脚刚走，秦天就扑上来问程燃、赵知著他们。

　　"没什么，就说了点和考试相关的事。"程燃说。

　　"啥？"秦天还没懂。

　　赵知著端着水杯一本正经地补充道："嗯，文理年级前十的人不用参加这次期中考了。"

　　"我去！"秦天的眼睛快要瞪出眼眶了，"学霸还有考试豁免权的吗？"

　　程燃弯着唇无可奈何地瞥了赵知著一眼，没吭声。还是李向阳保存着仅有的善心，叹了口气，拍着秦天的肩说："别羡慕了，我们不参加高二的期中考，参加高三的三模联考。"

　　秦天的眼神立马变了，一瞬间他整个人都变得贵妇起来，假模假样地微笑："哦，那真是太好了。"

　　程燃、赵知著、李向阳三人表示：你赶紧滚蛋。

　　话虽这么说，但考试还是无从逃避地来了。当然，让广大同学更痛苦的是，考完之后还要全校开会。

"你不走吗？"秦天一只手搭着程燃的肩，另一只手还拽着李向阳，路过讲台的时候发现赵知著还坐在座位上不动如山，不禁停下来问。

赵知著从手机上把目光抬起来，对秦天说："挤，让高一的先走。"

秦天了然地点点头，然后三个人摇摇摆摆地走了。

高一高二的教学楼是排在一起的，通往大广场的路也是同一条，每次有什么全校讲话活动的时候都被挤得水泄不通。

游桃桃去文科班之后，赵知著又开始了一个人的学校生活，课间除了去卫生间，永远都坐在座位上看书，也不怎么和人说话。

《运动员进行曲》放了得有百八十遍了吧，排满一整个广场的全体同学终于等来了各位姗姗来迟的校领导。

"各位老师，同学们，大家下午好。今天呢，我主要要讲三个问题……"

校长开始讲话，底下的同学表面上支着耳朵在听，实际上偷吃零食的、发呆犯困的、背单词背不进去的……早就五花八门地开起小差了。

五月中旬，天气开始慢慢热起来。学校特意挑了一个多云的天气，就怕晒傻这一颗颗本就不聪明的脑袋瓜。

然而校长发言才没多久，阳光就从云层后面半露不露地探出来了，晒得大家发顶烫手，因为气温升高人群中也已经开始有了些许焦躁的情绪。

"可能很多同学也知道，这次考试我们和另外两个市一起来了一次大联考。在这次考试里，我校高三全体同学获得了平均分第一的成绩，非常优秀！希望大家保持头脑、舒缓心情，在十几天后的高考里，依然能取得这样的成绩！

"另外，还需一提的是，这次高三的联考里，我们安排了高二的二十名同学，他们也取得了令人惊讶的好成绩。我不能透露具体分数是多少，只能说，如果这就是高考的话，那么这二十名高二学生，也能悉数进入一本院校！"

　　人群里传来不小的惊呼声，高一和高三看向中间的高二全体，高二的则纷纷转头看向本班那些参加考试的学霸。
　　目光里的艳羡之情溢于言表。

　　"尤其是高二一班的赵知著和程燃两名同学，我要重点表扬。"校长又发言了，"他们二人是此次参加联考的高二同学里成绩最好的，而且，我发现两位同学从高一开始就一直是班上的学习积极分子。
　　"我希望，我们全体同学都能向赵知著和程燃两位同学多多看齐，学习就是要你追我赶！"
　　于是全校同学的目光再次往高二一班聚焦而去，除了一班同学们自己——他们正懒懒散散、百无聊赖地看戏呢——程燃一直跟着赵知著的影子挪动，不知道是为了遮阴还是挑衅，直到赵知著终于发火了，回头狠狠瞪了程燃一眼。
　　众人露出果不其然的表情：校长，你确定他们不是冤家路窄水火不容吗？

　　赵知著低头掏出手机忍无可忍地发微信："你再拿我挡太阳试试。"
　　程燃："我这不是打球晒伤了嘛，晚上请你吃小龙虾。"
　　赵知著权衡了一下，最终勉强回复："那行吧……下不为例。"
　　没有人知道，高二一班的两个大学霸正低着头在微信上又达成了一桩秘密交易。

　　只有王可娴气得肺都快炸了，心想，你在台上把他们夸上了天，他俩就背着你在底下玩手机呢！呵，愚昧！

　　十六七岁的孩子们酸完人家之后就更不耐烦了，青春期的情绪在心里起伏翻涌，无法平息。终于，在人群快要躁动的时候，校长终于讲到了会议的第三件事——校庆晚会。

　　这件事终于给每天被学习压得死气沉沉的学生们带来了一丝别样的色彩。

　　六月是龙溪一中建校八十周年，校领导们表示了一致的重视。为了让高三学子在毕业前对母校留下一次难以磨灭的印象，校长最终决定将这次校庆晚会定在六月五日晚上，节目由高一高二年级负责编排。

　　话音一落，众班主任就瞄准了自家班上的艺体生们。

　　可惜一班没有一个艺体生，韩娜的目光逡巡良久，最后终于锁定了——程燃。

　　于是当天晚自习前，赵知著在走廊上碰到了正去往办公室的韩娜，韩娜叫住自家课代表，说："等会儿你来拿录音机的时候把程燃叫过来。"

　　"好。"赵知著不明就里地点点头。

　　二十分钟后，赵知著和程燃一前一后地前往韩娜的办公室。

　　恰好录音机的磁带到顶了，赵知著一边倒带，一边支起耳朵偷听韩娜和程燃的对话。

　　"校长的决定做得有点晚，现在距离校庆晚会只有半个月的时间了。再加上高三的学生时间紧，没法出节目，所以高一高二每个班都要有节目上报。"韩娜一边说着，一边在抽屉里找什么东西，"我也不假装民主问你们意见了，高三时间紧咱们的时间也不多，最近班上学习氛围非常好，我不可能让这件事打破你们的学习进度的。"

韩娜终于找到了她要找的东西，是一份黑白的获奖证书复印件。赵知著偷瞄了一眼，上面的花纹赵知著很是熟悉，因为她也有。这是青少年组国际钢琴比赛的获奖证书。

韩娜说："我决定让你准备一个独奏的节目，随便你弹什么，咱们能报上去交差就好了。"她叹了口气，"这可能会比较浪费你的时间，但是为了全班同学，就当老师请你帮忙了，行吗？"

程燃突然抬眼，把偷瞄的赵知著抓个正着。她赶紧把头转过去，提起录音机就要逃之夭夭。

他低头摸摸自己的鼻子，笑了一下："韩老师，这倒没什么关系。但是十四班有个小提琴特长生，他们班应该也会选择乐器独奏。与其到时候学校让我们进行节目调整，不如一开始就设置得保险一点。"

"那你有什么想法？"韩娜问。

程燃忽然转过身，对着已经溜到了门口的赵知著笑眯眯道："咱们班可不止我一个人会弹琴啊，是不是，课代表？"

赵知著整个人僵住了，默默地转过身来。

程燃走过去将胳膊肘压在人家肩膀上，微微弯腰说："不如我们一起弹吧。"

韩娜回过神来，巴掌一拍惊喜得很："哎呀，知著你也会弹琴啊，我都不知道，那就你们两个一起准备节目吧！"

说着上课铃打响了。

赵知著向韩娜点点头，接着转身就走，她要赶去放听力了。手臂压在她肩上的程燃猝不及防的支点一空，差点跟跄起来。

程燃知道这回又坑了赵知著一次，小姑娘现在肯定气炸了，于是忙不迭地追过去，想要接过她手里的录音机，用来示好。

赵知著一躲，没让程燃碰到录音机。她眼皮子一抬，暴躁的情绪溢于言表："不就是好奇了一下娜姐找你干吗，你至于非把我拉下水吗？"

程燃靠着走廊上的栏杆，盯着她看了一会儿。在赵知著耐心消失殆尽前，他低头咳了一下，别别扭扭地开口："我要是说因为想和你一起弹琴你信吗？"

赵知著立马翻了一个大大的白眼，转身继续走。

程燃赶紧跟上，笑道："行行行，我承认，要是只有我排练节目你却还在刷题，我怕被你落下太多。"

赵知著死死地憋住向上弯的嘴角："哦。"

"弹什么？"晚自习放学后，赵知著突然转头问程燃。既然决定了就要赶紧上报节目名字给韩娜，学校催得紧。

下了公交车，夜色如洗，小区里已经可以听到些微的蝉鸣，毕竟是夏天了。

程燃从手机的反射光里抬起脸来，思索了一下："看你了，你想四手联弹还是双钢琴。"

"双钢琴吧。"

程燃露出"就知道你"的无奈表情，把手机揣回兜里："那就莫扎特？"

"嗯。"赵知著应道。

莫扎特，这位在无数平凡家庭里，总是出现在瑜伽垫上的孕妇胎教音乐里的艺术家，明明是位实实在在的天才。作为钢琴协奏曲体裁的奠基人，《牛津音乐之友》中曾这样评述他——双钢琴的辉煌时代始于莫扎特。

即使二十世纪以后，德彪西、拉赫曼尼诺夫、肖斯塔科维奇等人都创作了很多双钢琴作品，但莫扎特无疑是双钢琴演奏中无法绕过的角色。

莫扎特一生完整创作的双钢琴奏鸣曲总共有三部，后来格里格也改编了几首，但最经典的也就那么一首——《Sonata for Two Pianos in D major. K.448》。

"那明天晚自习开始让李向阳放听力，你和我一起去琴房。"程燃一边开门一边说。

"嗯。"赵知著先一步打开了门，淡淡回复道。

随后两人门一关，各回各家。

龙溪一中条件有限，只有一台老旧的立式钢琴，于是程燃拉着赵知著去了自己从小去的琴行。

工作日晚上的琴行只有一个小学生还在练考级曲，程燃看起来比前台和那个坐在小女孩旁边的老师还要熟悉这里。

程燃一来，那个前台就交给他一把钥匙让他自行过去。

于是赵知著跟着他一直往里走。

琴行的走廊幽长昏暗，只有几盏小壁灯亮着，他们一路走过了好几个房间，离大堂里练琴的小女孩越来越远。

程燃走到最尽头的房间门口，终于停了下来，借着外面的月光开了门。"啪"的一声，顶灯闪烁着亮了起来，灰尘飞舞在整个房间里。

房间里除了放琴谱的架子，就只有两架并排而放的三角钢琴，盖着黑色的绒布，看起来已经许久没有被人使用过了。

程燃走过去掀开布，用手指拂了拂琴键。

赵知著呛着了，皱眉道："这里多久没人来了？"

"我上次来，还是一年前了吧。"程燃歪着头想了想，说着他随手抹了抹凳子就坐下了，"这架琴我从小弹到大，你身边那架是我师姐的。"

赵知著也坐下来，问道："那你师姐呢？"

"两年前就出去学琴了，她妈妈就是我俩的启蒙老师。后来尹老师觉得教不了自己女儿了，就带着她去外面找老师。"程燃说，"这家琴行也是尹老师的，现在只是找人代看着。"

程燃的手放上琴键，顿了两秒，开始弹出第一个音，接着琴音如流水般流淌而出——《肖邦 A 小调圆舞曲》。

节奏不快，表面美好实则有些悲伤的一首曲子。刚听完这样一个关于离别的故事，倒是衬景。

很快一曲毕，程燃看向赵知著："该你了。"

赵知著一直有在教囡囡弹琴，倒没有程燃生疏得这么厉害。她想了想，也弹了一首肖邦——《华丽大圆舞曲》。

这首比程燃弹的要难上不少，曲如其名，华丽、明快。

不过令人惊讶的是，这架钢琴这么久没弹，音色却还保持得不错。也不知道家里那架斯坦威有没有被赵保刚给卖掉，早知道来龙溪之前应该找人搬到外婆家去。

"你的风格很像 Valentina 啊。"程燃听完之后撑着下巴说道。

赵知著挑挑眉，还挺开心："是吗？我确实挺喜欢瓦姐的。"

"那还好当时没有让你选贝多芬。"程燃叹了口气。

如果她把贝多芬弹得跟瓦姐一样铿锵有力爆发力惊人，那他还真不一定能跟得上。

"行了，赶紧练吧。"赵知著瞥了程燃一眼，把早就准备好的莫扎特谱子拿出来，"你还得再复健一下，你现在这样铁定拖我后腿。"

于是两人每天下午放学之后就直奔琴行，拿着韩娜的假条光明正大地翘掉晚自习。练习到九点半琴行关门，晚上十点到家，赵知著还要再做一个半小时的题。

这样的生活累得赵知著两臂酸痛，连作业本都抱不动了。于是她开始把英语课代表的一大半职责全权交给李向阳，程燃有样学样。两人把李向阳累得半死，然后他推推眼镜，把目光缓缓转向闲得啃苹果的秦天。

而游桃桃每天在画室忙着画校庆海报，于是五人组在六月五号之前愣是没聚齐过一次。

直到校庆晚会终于开始。

平常用来开全校大会的广场上从午饭之后就开始搭舞台了。到了下午，陆续有人离开教室去换衣服化妆，还有广场上传来试音响的声音，早就扰得大家没有了学习的心情。

语文课偏偏是下午最后一节课，苍钟晚挥挥手让大家自习，这题讲不下去了。

晚会六点整开始，五点半才下课。食堂大妈握着勺子瞭望，只有稀稀拉拉几个人过来打饭，大妈们叹了口气，认命地放弃了抖勺。

秦天抱着他昨晚就准备好的一书包零食早早就蹲守在了场下。离开场还有几分钟的时候，李向阳终于眯着眼睛找了过来，在秦天旁边坐下。

但是赵知著、程燃两人都不在。

李向阳问："他们两人呢？后台？"

秦天咔哧咔哧嚼着薯片含糊道："没，我们班节目在后面压轴呢，他俩去琴行指挥搬钢琴去了。"

李向阳一怔："钢琴曲压轴？"

在他浅薄的文艺印象中，一般晚会的压轴不都是大合唱吗？难忘今宵什么的。

秦天一笑："嗨！什么节目不重要！重要的是校长一看是他们两个表演就拍板了。"

行吧，学霸的光环无处不在。李向阳颇为感慨地拆了秦天带来的一瓶酸奶。

"对了，我得守着吃的，你去把油桃儿也叫过来吧，加张凳子的事。咱们班的位置可比他们班的强多了。"秦天撞了撞李向阳。

李向阳却不为所动："我刚刚过来的时候去他们班看了下，他们班的人说她去后台帮忙化妆了。"

"那行吧。"秦天喙了喙吃完薯片的指头，把手机掏出来，在群里敲游桃桃，让她忙完抱着凳子来一班。

李向阳看着秦天坦坦荡荡地和游桃桃互斗表情包，心里说不出的滋味。好在晚会要开始了，他强迫自己把目光转向台上。

四五个节目过去，主持人再串串场，程燃、赵知著他们终于回来了。

　　即使是夏天，接近七点天也快黑了，观众席上一片黑压压的，程燃靠着人群里手机的亮光带着赵知著穿来穿去，终于找到了秦天他们。

　　旁边有秦天他们早就给空好了的位置，两人累得一屁股坐下，拧开饮料就开始"吨吨吨"。

　　"还有吃的没？"程燃问。

　　秦天赶忙献宝似的打开他的书包，虽然已经被他自己吃空了一半。程燃自己开了一袋饼干，把牛肉干递给了赵知著。

　　"桃桃怎么还没来？"赵知著嘀咕着干脆打了个电话过去。

　　那边游桃桃手忙脚乱地接起了电话："喂？你们回来了？"

　　"嗯。"

　　"那我也马上过来。"一直有各种杂音从游桃桃那边传过来，想想看也知道后台有多么令人窒息。

　　赵知著催促道："那你快点，再过半个小时我也要进去做准备了。"

　　"好好好，等我！"

　　唱歌已经是最大众的节目了，小品、相声、魔术什么都有，当然最 slay 全场的还是街舞，男孩女孩外套一脱头发一甩，底下就跟疯了似的。

　　"高三的好像在操场放孔明灯欸。"游桃桃指了指舞台后面露出的天空，示意大家看过去。

　　"正常，节目里面又没有他们的同学，当然不如去放孔明灯。"赵知著说。

　　"要不我们也搞几个盏放？"秦天问。

李向阳看了看时间，说："来不及了吧，程燃、赵知著他们差不多要去后台准备了。不然等晚会结束了再放？"

"行啊。"赵知著难得答应道。

"我看着他们把琴放回车上之后就可以过去，你们要稍微等一下。"程燃也没拒绝。

反而是游桃桃沉默了："我……我可能不行。"

"怎么了？"秦天快人快语，"你妈要你回家睡觉吗？哈哈哈哈哈！"

程燃伸出巴掌就想糊这小子的脑袋，却被李向阳先行一步塞了颗秀逗堵住了秦天的嘴。

"呸呸呸！我买的什么这么酸！"秦天皱着张脸。

但没人关注他，大家都盯着游桃桃看，等着她说怎么了。

结果游桃桃还没开口，观众席外边就传来一位艺体老师的声音："赵知著、程燃在吗？"

他俩立马站起身来。

那位女老师一脸焦急："哎呀，你俩怎么这么不省心，还得我亲自来请。赶紧的，再晚过去造型老师要下班了！"

游桃桃立马把赵知著推出去："你快去吧，我等会儿再和你们说。"

于是两人跟着老师急匆匆地走了，游桃桃看起来也没想跟秦天和李向阳两人单独说原因。

一眨眼八点半多了，整个观众席里都是小零食和花露水的味儿。秦天吃困了，打了个泪水涟涟的哈欠："怎么还没到燃哥啊……"

"快了，这个节目之后应该就是。"李向阳计算了一下时间后回答。

"欸，我们去后面找他们吧。"游桃桃说。

"我俩也能进去？"秦天睁大眼睛。

"没问题，我跟后台老师都认识的。"游桃桃打包票，"反正他们换衣服都在卫生间。"

说着，三个人悄悄地弯着身子溜出了观众席。

"我的妈啊！燃哥是你吗！你怎么这么帅了，这西装，这皮鞋，这发型！"秦天涕泗横流地转过头，"老师，能给我也整一个吗？"

老师根本不理他，眉头一皱："进来看的同学就安静一点，不然就出去！"

秦天立马闭嘴。

另一边的赵知著听到声音后一把拉开男女化妆间的分隔帘，挑眉看过去。

这一看，三个男生都噤声了。

平常穿着肥大的校服完全不觉得男女的差异有多大，对赵知著的印象也只停留在脸比一般女生要出众上面。

可她如今踩着细带高跟鞋，穿着最简单不过的吊带黑色长裙，平常永远扎在脑后的马尾散下来，柔顺地披在脑后，锁骨上的项链熠熠生辉。

赵知著一笑，红唇勾起，眼尾上扬："秦天你这都快光头了就别想了。"

三个人莫名地将目光移到那一大片裸露的肌肤上，细腻的脖颈连接着修长的手臂，有一道雪白的沟壑在黑色丝绒的遮盖下若隐若现。

秦天"咕咚"咽了一口口水，他突然觉得和他说话的这个人他根

初恋驾到
么么哒

本不认识。

李向阳咳了一下，礼貌地转过头去。

程燃红着脸把秦天的脑袋压了下去，他脱下自己的西装外套递给赵知著："那什么……你还是披一下吧。"

赵知著和游桃桃面面相觑：怎么这么没见过世面呢。

"那个谁！衣服赶紧穿上啊！已经开始搬钢琴了。"来回穿梭的老师一把扯过程燃刚脱下来的外套，又塞回给他，"穿好了赶紧站到台边去，马上开始了。"

于是其他三人一起簇拥着程燃和赵知著去了舞台边等候。

"那个……我差不多得走了。"游桃桃突然说。

大家都回过头来。

"我今晚九点二十的火车，去杭城。"

"为什么啊？"秦天问。

还是赵知著第一个反应过来："去画画吗？"

"嗯。"游桃桃点点头。

"那……你什么时候回来？"李向阳问。

"快的话高三上学期吧。"

"过年也不回来？"秦天问。

游桃桃笑了："那会儿是最忙的，肯定回不来，画室也不让啊。"

"什么画室，过年都不放假。"秦天的声音和平常有点不一样了。

游桃桃这个消息来得太突然，大家还等着晚会结束一起去放孔明灯呢。

"所以你们的节目我也听不到了。"游桃桃的眼睛突然就红了。

赵知著抱紧她，说："没关系，以后还有机会的。"

说是这么说，但又哪里真的还有这样一个夏天，大家都在，香樟茂密，夜空中孔明灯闪烁满缀。

所有人都是最好的青春，都有可以无法无天畅想的未来。

"有请高二一班的赵知著、程燃为我们带来莫扎特双钢琴奏鸣曲！"报幕员也退了下来。

程燃轻轻地拍了拍赵知著的头，说："该上场了。"

莫扎特，十八世纪末欧洲古典乐派的维也纳音乐家，他的作品在巨大的社会压力下依然洋溢着明快、舒朗的情绪，因此其音乐又被称为"含着眼泪的欢笑"。

两人在掌声中坐下，对视继而微微颔首。

第一乐章，D大调，4/4拍，奏鸣曲式。两人齐齐强力弹奏，然后是轻快辉煌的连接部——该你了，卡农式结构的追逐交融。

站在台前的秦天和李向阳盯着他们飞速舞动的手指和极力震荡下的肩胛，慢慢地忘了呼吸。

游桃桃此时应该快走到门口了吧。

第二乐章，富有歌唱性的行板，从G大调开始，悠长又自由。仿佛那些一起吹过的风，可乐打开那瞬间喷涌出的泡沫，在长长街道上极速奔跑后的喘息。

你想到了在眼里看过的落日吗？那汗涔涔无处躲避的双手？还是要在这华丽的音乐织体中分散？

不。

休想。

第三乐章，Allegro，快板。疾驰的风仿佛要将整个世界串联，它穿过女孩刚打开的车窗，穿过沙沙作响的树顶，穿过台下少年饱含热泪的眼眶，穿过琴键上奔放跳跃的指尖。

要结束了。

但音乐不会就此结束。

一直紧张的胸腔慢慢放松下来，在名为成长的路上，是一个不断道别的过程。可记忆和岁月就像音乐一样，永远不会结束。

掌声像暴雨般响起，热烈真挚，秦天边鼓掌边恶狠狠地吸溜了一下快滑下来的鼻涕眼泪。赵知著和程燃走到台前牵手鞠躬，即使这是一场没有人喊"Bravo"的演出，它也迎来了最棒的欢呼。

"桃子，你削完没有？我们要睡了——"

"马上，我洗个手就给你们关灯。"游桃桃赶紧把削到一半的铅笔放进笔盒，然后起身。

距离游桃桃到鲲鹏画室已经有一周了，在龙溪的赵知著他们估计又在准备考试了吧。游桃桃躺在床上胡思乱想，有些睡不着。

这是游桃桃第一次体验住宿生活。

整个宿舍包括她在内总共四个人，除了睡在游桃桃下铺的是一个杭城本地的女孩子，其他两个都是从外省千里迢迢过来的。

不过她刚到的时候人家就已经住下了，她们三个比游桃桃先来了半个月左右，所以也没有和游桃桃分到一个班。

画室里的班级制度和学校不一样，人数庞大，就拿游桃桃所在的A班来说，才六月就已经有一百多人了。上课的时候，几个班几百个人一起在一个像仓库那么大的室内进行，每个人都只有一个用来放画材的凳子和自己的伸缩小马扎。

和学生数量相比起来，老师就少得吓人了。一个班同时在线的老师最多只有两三个，他们只会在排排坐的学生中间走来走去，时不时地踢踢人家凳子告诉他们画错了。

全靠自律。

游桃桃在龙溪当地的小画室和学校画室里都算是画得好的，但到鲲鹏之后这点能力显然不够看，因为画得牛的比比皆是。

　　如果说在龙溪一中的时候因为赵知著他们几个，游桃桃还稍许有些存在感的话；那么到了鲲鹏之后，她就彻底是个小透明了。

　　不过游桃桃倒挺自得其乐的。

　　除了不能抽烟打架，上课时玩手机之外，在着装方面鲲鹏一律不干涉。于是，来了没几周的游桃桃就给自己十个手指头都抹上了黑色指甲油，倒也不是为了故意朋克，实在是画久了素描速写，指甲缝里的铅灰怎么洗都洗不干净，干脆都弄成乌漆墨黑的算了。

　　七月过后，龙溪一中也放了暑假，于是游桃桃和赵知著还能抽空在微信上聊两句。

　　但赵知著即使放了暑假也还是很忙的样子，两人的休息时间又对不上，久而久之，微信硬是被她俩给用成了留言板。

　　"今天放假，我一个人出去玩，真的好热啊……"

　　"到了，我们美术生的圣地 —— 老塘垃圾街！哈哈哈哈哈哈哈哈！"

　　"【图片】【图片】"

　　"这个鸡排真的超好吃，我就是为它而来！"

　　"等一下再去吃碗番茄鸡蛋面，和鸡排并列是我的最爱！"

　　……

　　但往往游桃桃的这些絮絮叨叨只有赵知著下课之后才能看到。

　　她从囡囡家出来的时候是一片夏日黄昏，夕阳最后的光彩以快进般的速度流逝，逐渐夜色四起。

小区里开始有小孩出来玩闹，以及下了班提着菜回来的中年人。

游桃桃发给赵知著的照片却是正午的阳光，它照进那弯弯绕绕又有无数街角的破败小路，划出泾渭分明的光影线。

不愧命名为"垃圾街"。

但那街头巷尾路过的学生那肆意张扬的脸庞，又使这里变得活力满满，奇异地交融着。

赵知著忽然觉得，青春的种类真广泛啊。

她伸了个懒腰，坐在小区长椅上给游桃桃回复消息："吃饱了就回去好好画画。"

游桃桃没有回复她，现在这个点，游桃桃应该已经回到画室准备上晚课了吧。

赵知著在回家的路上吃了碗馄饨当作晚饭，接着爬上楼敲开了程燃家的门。

"我的快递呢？"赵知著摊手。

程燃没说话，趿着拖鞋回客厅拿。等回到门口时，他手里除了那个快递盒，另一只手还托着半边西瓜。

"还有你的西瓜，给你冰镇好了。"

但赵知著还得腾出手来开门，她直接说："你帮我送进来吧。"

送佛送到西，程燃给赵知著把西瓜一路送进了冰箱。

赵知著就着打开的冰箱，抱出一大瓶冷藏矿泉水倒进玻璃杯，又从冷格里挖了两块冰放进去，接着一口气把这杯冰水给干了，最后把冰块含进嘴里"嘎吱"嚼着。

"不至于吧你。"程燃被她这操作惊到了，"你吃冰比我还夸张。"

赵知著累得瘫在沙发上翻白眼："你在外面感受一下有多热再说话，不出门的人就给我闭嘴。"

"行吧，西瓜你尽快吃，我走了。"程燃摆摆手，离开了她家。

其实在上学期赵知著忙里忙外到快厥过去的时候，程燃就悠悠然地一边上课一边拿着自己刚成年的身份证抽空去考了驾照——自然还是放心不下自己心爱的小摩托。

于是赶在这个暑假来临之际，程燃终于重新风驰电掣地轧起了马路。而赵知著本着人尽其才的念头，把所有需要跑腿的活儿都交给了程燃，在这个暑假成功地将程燃变成了收发室大爷。两人还琢磨出一起买西瓜，一人一半不浪费的天才办法。

也不怪赵知著如此苦心孤诣，她实在是太累了——过了这个暑假囡囡就要升五年级，高年级一到，即将就要面临数不尽的升学压力。所以在囡囡妈妈的强烈要求下，现在赵知著不仅教钢琴，还顺带把囡囡的数学和英语辅导一块儿包圆了。

再加上这次期末考前因为排练校庆晚会浪费了很多时间，虽然成绩和排名没有后退，但距离赵知著给自己规划的学习进度还差一大截，于是她只能利用暑假的时间赶紧补回来。

洗完澡后，赵知著坐在书桌前一边挖着西瓜吃，一边整理自己做过和没做过的题型，不知不觉就到了深夜。

她烦躁地在软椅上挪了挪，感觉腰酸腹痛，但她一直以来都有腰疼的毛病，只以为是自己最近太累。犹豫了几分钟后，她还是麻溜儿地滚上床睡觉。

直到第二天上午她起床冲麦片吃完早午餐之后，例假汹涌澎湃地拜访了。这应该是提前到了，毕竟手机计算频率的 APP 都没有提醒。

赵知著皱着眉换衣服然后洗洗刷刷起来。

中午赵知著不敢再喝冰箱里的冰水，老老实实地出门去喝砂锅粥。下午还要去囡囡家教英语，得保存体力。

"这里应该用 on，不能用 in。on the wall 指的是墙表面的东西，比如这里挂的画，或者墙上的油漆。但 in the wall 是指嵌在墙里的东西，比如门窗。"赵知著一用力说话或者起身拿东西肚子就不舒服，但她尽量不在小孩面前展现出来，"以后这种介词的特定使用还有很多，比如 on the tree 和 in the tree……"

正讲着呢，囡囡的妈妈就端着餐盘进来了。她有些抱歉地说："小赵老师不好意思呀，今天家里的空调不知怎的不制冷了，只能辛苦你吹风扇。这个天一定很热，这是我自己煮的冰镇绿豆汤，你和囡囡都喝一点呀。"

屋漏偏逢连夜雨。

一时间只有风扇运转的声音。

但赵知著看着阿姨充满希望的目光愣是没好意思拒绝，小半碗喝下去清爽去燥是真的，肚子更难受了也是真的。

好不容易熬到五点半下课，赵知著只想赶紧回家躺着。

她颤颤巍巍地从囡囡家的五楼走下去，每下一个台阶小腹就不可避免地震动一下，难受死了。

怎么今天的太阳落得这么慢。

赵知著被楼道口突然斜射的阳光当空一照，头脑发晕，她感觉自己连走出这个小区的力气都没了，只得忍着越来越疼的肚子坐到了昨天的那条长椅上。

"不打了不打了，我妈叫我回家吃饭。"乔飞把球往同伴怀里一塞，揣起刚掐完电话的手机就走，丝毫不恋战。

这天儿真热啊！

他三步并作两步想赶紧回家洗澡吹空调去，结果走到自己家楼下的时候被花坛旁边坐着的姑娘吸引了目光。

这姑娘怎么回事，大热天趴在自己腿上干啥，失恋了？

于是他又退后两步，小心翼翼地瞄了眼那姑娘的脸，这一看，登时就震惊了——这不是燃哥那天叫他去观察的那姑娘吗？一直在他家对门当家教来着。

不是真失恋了吧？那我燃哥怎么办？

乔飞咽了口口水，走过去问："你怎么了，要帮忙不？"

听到声音，赵知著艰难地抬起头来，一看，发现是囡囡家隔壁那个男生，当初在智飞培优和囡囡家门口都有见过。

她说："没事，我坐会儿就走了。"

但乔飞显然被她这个样子吓到了，她整个脸色惨白惨白，连手指甲盖都是白的，一点血色都没有。这怎么也不可能是失恋了，碰上吸血鬼还差不多。

乔飞烦恼地抓抓自己头发，问："你是病了吧？要不要我找小萍阿姨送你去医院？"

他口中的小萍阿姨就是囡囡的妈妈，但她和丈夫是异地婚姻，带着囡囡已经够不容易了，眼看就要天黑，赵知著说什么也不可能麻烦她。

赵知著皱着眉赶紧拒绝："别！你不用管我，快走吧……"

她不停地揪着自己的衣服，力气逐渐涣散。

乔飞走开几步，觉得这情况不对。接着他做了个让自己幸福一生的决定——他给他燃哥打了个电话。

　　这是程燃第二次赶去救那个让人不省心的姑娘了，似乎从在龙溪车站第一次见赵知著时就是这样，当时怕她被出租司机拐跑，还巴巴地跟了一路。也许命里就该他护着她吧。

　　摩托在一点点沉浸的夜色中驰骋，风鼓起他白色的上衣，像一只飞鸟。

　　程燃直接骑着摩托闯进乔飞他们小区，刹车印夸张得就像赛车赛道上的痕迹。

　　他蹲在赵知著身边，一边把她扶起来，一边喊着她："赵知著？赵知著，你能听见吗？"

　　她原本艳若桃李的面庞寡淡得像一张 A4 纸，眼神也失去了焦距，整个人处于半昏迷状态。

　　但她看到程燃之后好像有了些意识，皱着眉毛小声地开口："疼……"

　　"飞仔，给我叫辆车去市医院，赶紧！"

　　乔飞手忙脚乱地打开约车软件，过了一会儿他说："搞定，司机就在门口，车牌 CJ428。"

　　程燃将赵知著一把打横抱起，往小区门口快步走去。

　　"我的车先放你这——"

　　再一转眼，程燃就消失在了花坛转角。

一进医院都不用程燃说什么，护士一看他抱着人就直接帮着送急诊了。

赵知著这时候看起来已经不省人事，医生没法问诊只能抓着把人送来的程燃问："怎么回事，你给我描述一下情况。"

"我也不知道。"程燃一愣，"她只说她疼。"

"李医生……我刚刚看到她裤子上有血。"旁边那个送人进来的小护士忽然小声说道。

估计是赵知著上车下车的时候，因为挪动而弄脏了裤子。

但那医生的思路显然就被误导了，她神情诡异地看了程燃一眼，说："你俩……做措施了没？"

"什么？"程燃蒙了。

李医生翻个白眼，没好气道："睡觉！"

程燃忽然就明白医生什么意思了，脸憋得通红："没……我们，就是邻居而已……"

李医生无语，朝程燃挥挥手，示意他可以出去了。

程燃如蒙大赦，赶紧离开。

李医生开始给赵知著做 B 超。

"咦？"

李医生看着屏幕发愣，没啥问题啊。做 B 超用的凝胶随着李医生的动作在赵知著小腹移来移去，不知道碰着她哪块痒痒肉了，没憋住动了下。

李医生叹了口气："行了，小姑娘睁眼吧，他不在。"

显而易见，这个"他"指的是程燃。

初恋驾到
么么哒

其实赵知著一直都没真的昏过去，只是没力气说话而已。但听到医生和程燃说的那些话的时候，她是真的希望自己已经晕过去了。

赵知著因为羞窘，脸上反而浮现了一点血色。

"月经这次准吗？"

"提前了一周多吧。"赵知著说道。

"你没什么问题，就是痛经。夏天也别贪凉啊。"

"好。"

"等会儿给你开点止痛药，但你好像还发烧了，起来量个体温，可能要住院。"李医生说着上手摸了摸赵知著的额头。

烫得吓人。

刚刚大家都被她痛得昏过去给吓着了，反而没注意到这个。

最后报告结果一出来赵知著果然是发烧了，本来例假期间抵抗力就差，病毒性感冒又来势汹汹。李医生条子一批，让程燃带着她转去住院部。

这么一通折腾，已经晚上八点多了。

"那个……"赵知著开口，但一直没敢看程燃，咳了一声含糊道，"今天麻烦你了……"

"没事。"程燃也很尴尬地摸摸自己脑袋。

"多少钱啊，我转给你。"赵知著说。

程燃摆摆手："等你好了再说吧。"

然后又是一阵静默无言。最终程燃站起身，说："那你好好休息，我先走了。"

但赵知著突然伸出手扯住了他的衣角，他惊讶地转过头去。

只见她不知道什么时候拿出了家门钥匙，低着头不看程燃，小声说：

"你能帮我带身衣服过来吗？牛仔裤我挂在柜子里，T恤都在右手边的抽屉里，拜托了。"

大概生病的人总会觉得自己很没尊严吧，一副无能为力的样子，却又不得不麻烦别人。

程燃接过她手里的钥匙，摸了摸她的头叹道："等我回来。"

门一开，满室寂静。

程燃不是第一次去赵知著家，但他们从未互相踏足过对方的卧室，最多只站在门口装作不小心地往里瞥到过。

走进房间，他第一眼看到的就是枕头旁边他送给她的那只手工姆明玩偶，想笑又觉得自己应该要点脸，于是似笑非笑地摸摸鼻子。

再整体看去，女孩的床上有数不尽的抱枕，整齐地压在清爽的蓝色小碎花薄被上。枕头靠门口的一边还放了本没读完的书，掩着内页摊在一旁。

程燃好奇，弯腰仔细一看，竟然是李向阳送的那本《瓦尔登湖》。

于是他顿时不爽——李向阳送的书，凭什么和他送的姆明享受同等待遇！

下一秒，他就自作主张地把书原封不动地转移到了书桌上。

紧挨着书桌旁的是赵知著的衣柜，程燃把柜门推开，挂衣架上全是各种春夏外套和裤子，还有几条裙子，但从没见她穿过。

程燃挑了条他比较眼熟的牛仔长裤拿下来，接下来是找T恤。

赵知著所说的那个抽屉很大，拉开来里面琳琅满目。她放了很多收纳用的隔板和小盒子什么的来区分不同衣物，袜子在一块，T恤在一块，甚至游桃桃送的围巾也专门辟了一块地方来放。

程燃不敢弄乱赵知著的东西，直接拿了那堆T恤里最上面的那件。不料，"哐啷"一下，他的手把T恤旁边那个蓝色盒子的盖子给掀翻在地。

完蛋了——

程燃飞速地蹲下身捡盖子，祈祷自己没把它摔坏。等他拿着盖子想重新盖上的时候，却愣住了。

不透明的蓝色塑料盒里整整齐齐码着少女款式的内衣套装，藕粉、纯白、鹅黄、波点、蕾丝、细绳。

"轰"的一声，程燃僵在原地，不知道为何脑海里响起了《欧若拉》的歌声，感觉有一道七彩光束在他头上打转。

他用本能缓慢地盖上了那个"潘多拉魔盒"，差点想直接盘腿坐下来听大悲咒。

阿弥陀佛。

最后因为时间比较晚了，程燃便委托了一位护士把钥匙和衣服给赵知著送进去，自己则准备拐道去乔飞家把摩托骑回去。

"等等，你是她家里人吧？"那护士拿了衣服之后想起什么似的，又叫住了程燃。

程燃挠挠头，模棱两可道："算是吧……"

护士翻了翻赵知著排水的单子，说："那你记得明天中午给她送饭啊，那个时候她估计还在打吊瓶。"

"哦，好的。"程燃眨眨眼睛，乖巧应道。

第二天还是烈日当空。

赵知著在狭窄的病床上睡得浑身难受，总是有人进出和小声说话的声音，还有病房里各种混在一起的味道围绕在身边。

偏偏程燃还给她拿了条弹力铅笔裤，睡觉的时候勒得她喘不过气来。

　　一整个晚上，赵知著醒醒睡睡，比刚去她爷爷家睡的第一个晚上还要难熬。

　　与此同时，程燃也起了个大早，不过他是头疼该给赵知著带点什么午饭——粥估计她最近也没少喝，面的话又容易坨。

　　最后他决定给她炖个玉米排骨汤，再蒸两个豆沙猪仔包。

　　中午十一点半，程燃准时抵达医院。他没有骑摩托也没有坐公交车，就怕把汤洒了，于是直接打了个车过来。

　　他拎着保温桶走进病房的时候，赵知著正靠在床头翻卷子，没有插针的右手正有一下没一下地按着笔头，然后把突然想到的思路写下来。

　　"祖宗，"程燃边叹气边把保温桶往床头柜一放，"都病成这样了就放过自己行吗？"

　　赵知著抬眼瞥了他一下，不温不火地说："你来得正好，我觉得这道题的答案有问题，你看看。"

　　程燃接过她手里的数学卷子。

　　大概十几分钟后，他在草稿纸上停了笔，皱眉对赵知著说："好像确实有问题，答案少印了一个平方？"

　　"嗯哼。"赵知著已经开始喝汤了，"我的答案和你一样，那肯定是打印错了，我要去淘宝投诉店家卖盗版。"

　　"我去下洗手间。"程燃说着起身出了病房。

　　他本来想顺路去护士台问下赵知著今天能不能出院的，但是护士台只有一个实习护士在。

这几天病毒性流感肆虐，感冒严重到来医院的人一拨接一拨，好在这不是上学期间，否则一病整班倒。

　　由于赵知著是因为感冒住院，所以她只住在普通吊水的病房里，这类病房前来来回回的人是最多的，毕竟内科问诊室就在旁边。

　　"喂，我没看到你们啊？"一个穿着条纹衫的老头站在走廊打电话。

　　程燃不由得看了他两眼，因为他嗓门确实有点大。

　　电话那头大概是他老伴，从开了免提的手机里传出同样大的嗓门："我说了我们在四楼儿科，你是不是走错了？你那边病房的牌子上写的什么，我来找你！"

　　程燃快步走进了病房，坐在赵知著病床旁边开始戴耳机听歌玩手机。

　　没过几分钟，那对老夫妻好像碰面了，因为即使戴着耳机，他也能隐约听到他们说话的声音。

　　同样听到声音的赵知著盛汤的手忽然一顿，下一秒她就想下床拉帘子。

　　但她还是慢了一步。

　　病房门口突然传来一个老妇人的声音："赵知著？"她又往病房里头走了两步，似乎是为了确认什么。

　　赵知著见拉帘子遮挡已经来不及了，于是破罐子破摔又躺回去了，对她奶奶王桂英视若无睹。

　　但王桂英不依不饶，又走近了一些，看看赵知著手上插着的针管，问："病了？不是什么大问题吧？"

　　没料到王桂英竟然会来关心她，赵知著反而还愣了下，她缓和了下自己的神色，刚想回答"没什么"，王桂英紧接着就开口把赵知著气到血液倒流了。

王桂英说："不管你是什么病，当初是你自己要走的，就别回头来找我们要钱哈——"

程燃耳机里的音乐正好迎来了高潮部分，导致他听不太清楚外界的声音。但他刚想把耳机摘下来，赵知著沉着脸眼疾手快地一把捂住他的耳朵，阻止了他。

接着，赵知著抬头对王桂英说："出去。"

程燃也往那个老妇人看去，突然脑子里电光石火地闪了一下，他想起了这个人，他第一次送赵知著回家的时候在门口碰到过。是……赵知著的奶奶？

程燃皱起眉，但还是把自己的耳机摘下来了。

老太太似乎又被赵知著的顶撞给气到了，指着赵知著就想破口大骂，奈何床上一躺一坐的小年轻看都不看她一眼。

程燃只对着赵知著浅浅一笑，揉揉她的头发，然后把自己的耳机给她戴上，说："好好吃饭。"

音乐声带着治愈一切的结界阻隔了整个不属于她的世界。

赵知著悄悄地瞥了程燃一眼，温柔又迅速地弯了弯嘴角。

王桂英气得连说三个"好"，最后一直在门口摇摆不定的爷爷看不下去了，抱着个一岁多的孩子进来把自己的老伴拽出去："行了行了，走吧，你要让所有人都看笑话吗！"

两人一走，整个病房立马陷入一种尴尬的安静中，隔壁床的人都不好意思说话了。

赵知著抬头看了看吊瓶里剩的药水量，说："打完这瓶我想出院。"

"好。"程燃说。

办完出院手续，赵知著还是没什么精力的样子，于是两人打车回家。

下午两点多是太阳最炽烈的时候，程燃帮忙提东西，而赵知著被阳光晒得一句话都不想说，没有血色的皮肤在光线的照射下近乎透明。

直到程燃护送赵知著回到家，她才终于开口："刚刚那个，是我爷爷奶奶。"

"嗯。"

"说出来有点惨。"赵知著定定地看向程燃的眼睛，虽然嘴上说着惨，但目光里全无瑟缩之态，依然是平时那副高傲的样子。

赵知著言简意赅，用毫无感情的声调描述了一下自己前十几年的人生，最后顿了一下，以"所以我必须考第一"作为最后一句结束了本次阐述。

程燃看了她两秒，也低下头叹口气，说："其实我也挺惨的。"

然后他以同样做组会报告的语速讲述了一个，满脑子只有学术科研的家庭氛围下，爹不疼娘不爱一个人自给自足长到这么大的悲伤故事，到最后还得通过打赌赢了才能做自己。

赵知著沉默，最后哀叹："哦，那你确实也蛮惨的。"

所以两人互诉衷肠之后的结局还是 —— 对不起，高考全市第一这个位置，我没法让给你。

生病反而让人变得放肆起来，程燃回家后赵知著一道题都没有再看，心安理得地告诉自己要好好休息。

当然第一件事是洗澡，可直到出了浴室开始吹头发的时候，她才后知后觉地反应过来房间里还留存着被人踏足过的痕迹。

　　床头的书莫名其妙地飞到了书桌上，放贴身衣物的小蓝盒的盒盖，盖反了。

　　赵知著刚在浴室里被热气蒸出来的白里透红的脸颊一瞬间只剩红了。她啐了一声，无颜以对，继而趴到被子里不出来了。

　　原来不论多么艰苦的岁月，青春里你总会遇到这样一个人，让你变得符合自己年龄般的孩子气，心脏雀跃跳动，直到要冲出胸膛。

　　这时候只想迫不及待加点冰块进去降温——因为不想被你发现，可一切又早已昭然若揭。

赤子

第十三章 first love

高三终于还是来了。

最直接的就是放学时间的变化，从晚上八点多延长到快十点。有时回想起高一高二一月一考的频率都觉得是种恩惠。

于是在这样润物细无声的爆肝学习之下，大家不仅头发油得更快了，桌上翻来覆去用的文具书本也深了一个色号。

一眨眼，龙溪秋日炎热的余韵便无影无踪。十二月初的冷风在天空中打着卷吹进教室里，坐在窗边的女生一边盯着卷面，一边将自带的外套披上。

而几百公里之外的杭城，游桃桃正独自坐着公交车从市区返回画室。

天色渐晚，公交车窗外一侧的江面上寂静无波，星星点点的城市灯光在江岸旁闪烁；而窗的另一侧则是九曲常年浓密而苍翠的树。

游桃桃一直想着刚刚看完的那个画展，本想在"比奇堡"的五人群里发照片说点什么，结果打开手机一看，发现上次的聊天记录已经是两个月前的事了。

她叹了口气，又默默地把手机揣回兜里。

回到画室的时候正赶上色彩、素描大棚互换，她赶紧搬着自己的凳子画材进进出出选位置。

　　宿舍楼前有几个工人在搭着铁架子一样的东西，游桃桃边搬东西边看了几眼，也不知道画室又在搞什么。她也没多想，赶紧赶着晚上速写课之前把搬座位的事搞定。

　　"桃子，刚刚搬大棚的时候怎么没看到你？"趁着速写模特还没摆好造型，王乐婷歪过身子去和游桃桃说闲话。

　　"我去看展了，回来得太晚了。"游桃桃边把铅笔橡皮挑好，边回答道。

　　王乐婷替她惋惜了一下，说："那可惜了，今天我在素描大棚捡到好几块樱花。"

　　樱花是素描必备的橡皮，大家为了擦高光往往都是切块用，于是丢得也多，而且一掉到地上基本就找不着了。

　　所以很多人会在换大棚之际，在阿姨还没来得及打扫，东西又都搬干净了的时候去捡橡皮，以此回血，也是一种乐趣。

　　"那你说不定还捡到了我的，我最近掉了好多块。"游桃桃弯着眼睛顺着她的话说。

　　"哈哈哈哈哈哈！"王乐婷被逗得乐不可支。

　　说话间，模特已经在人群里站定了。每十五分钟模特换次动作，游桃桃和王乐婷赶紧低头画起来。但是画室的速写模特基本都是同学轮着来，百分之八十都是卫衣配牛仔裤，大家都快画吐了。

　　游桃桃和王乐婷手下的铅笔流畅一勾，牛仔裤的腿部形状就出来了，细节刻画的话就是千百遍的裤缝线，一虚一实。

　　"就这还要写生，我可以默写一百条牛仔裤。"王乐婷向游桃桃小声吐槽，"你看人家隔壁高复班的模特，大抚哥太绝了！"

游桃桃看过去，感同身受地叹了口气。

大抚哥本名谢良抚，乍一看甚至觉得是某个古人的名字，但他其实是个日系少年，终日踩着两齿木屐穿梭来去，身上的和服开衫随风飘扬。

画室里的奇人异士多得很，而且往往都出于高复班。除了大抚哥之外，有专业分年年考第一但就是因为文化太烂进不去美院，最后干脆留校任教的老师；有曾经从重点大学退学回来学美术的文化生；也有在距离校考只有一个多月的现在，突然请半个月假独自跑西藏去散心的女生……

而游桃桃只担心自己能不能考上美院，什么专业都可以。

"对了。"游桃桃问王乐婷，"你知道我们宿舍门口他们搭的那个铁架子是什么吗？"

"高复班的人说是圣诞树，鲲鹏的传统，每年都会举办圣诞活动。"

虽然家里经济条件不错，但从小只在龙溪这样的小城长大，游桃桃早就对圣诞节神往已久。

这让游桃桃喜出望外，一下课就迫不及待跑去拍了张还什么都看不出来的铁架子照片发朋友圈，配文：画室的圣诞树搭建中，安排得明明白白！

十分钟后，李向阳给游桃桃点了第一个赞。

第二天一早，多了一条赵知著的留言——"不然平安夜我来找你吧。"

游桃桃激动地回了"来啊来啊"，后来程燃和秦天也陆续点了赞。

就只是再平常不过的朋友圈交际，大家都是本着随手点赞评论的习惯，说了些无关痛痒的话。

就好比同在一个班，都看到了这条消息的程燃四人也没有抬头互相聊过。就连游桃桃自己，都随着"仅半月可见"而逐渐忘记了这条朋友圈内容。

生活就这么日复一日在正轨上运行，然后被一场接一场的考试掩埋。

然而巧的是，这一年的圣诞正好是周末。

十二月二十四日，下午一点，平安夜前夕。天色阴灰，虽然没有风，但依然寒意入骨。赵知著把游桃桃送的那条围巾圈在脖子上，背着双肩包出了门。

她一边下楼，一边用手机叫车，火急火燎地让司机师傅赶往龙溪火车站。

好在没有什么行李，赵知著取票进站一气呵成，总算是在检票前赶到了登车口。只是她连气都没喘匀，抬头就看到了拿着票坐在对面椅子上的李向阳。

两人都愣住了，刚想尴尬地打声招呼，迎面又走来两人——低头看手机的程燃和咬着热狗的秦天。

然后四人愣住，面面相觑。

"咦……大家都在啊……"秦天最先出声，摸着头道。

"你们也去杭城？"赵知著挑眉问道。

"我不知道啊，燃哥拉我来的。"秦天一脸茫然。

程燃低头笑着叹气，把李向阳拉到身边来，然后一手搭着一个，说："怎么，只许你去见闺蜜，不许我们见朋友？"

李向阳瞥了程燃一眼，程燃没有回他的眼神，但放在李向阳肩头的那只手微不可察地捏了下，让他别紧张。

程燃一说完，赵知著就懂了。原来他们几个老早就盯着那条朋友圈做打算了。龙溪去杭城的车只有早上五点、下午一点半和晚上九点多的这三趟，一早一晚的不必考虑，所以问也不用问，就料定她会坐下午这趟车过去。

"那走吧，检票了。"赵知著说完就转身往闸机验票口走去。

鲲鹏画室一直以来都是每周一放假，周六周日照常上课，但这个周六，大家都好像有些心思不在画板上。

吃过晚饭后，天色迅速暗下来，早已搭好的十几米高的圣诞树上彩灯闪烁，把食堂到大棚的那段路都照亮了。

王乐婷挽着游桃桃的手一起去上晚课的路上。

"所以晚上的圣诞活动是什么啊？"游桃桃问王乐婷。

"我也不知道。"王乐婷摇摇头，"只知道好像老师让胖达去负责这个事，但是具体的他怎么都不说。"

"唉，算了，先去上课吧……"

众人踏出杭城火车站的时候是下午四点。

而游桃桃的画室已经处于杭城边缘了，几个人商量之后决定一起打车过去，否则也不知道什么时候才能到。

果然不管再繁华的城市都有穷乡僻壤的存在，载着赵知著、程燃他们的出租车越开越偏，绕过一个乡镇般的地方，终于抵达了传说中的鲲鹏画室。

此时已经晚上六点多，冬日里天黑得早，整个画室一眼望去漆黑

初恋等到
么么哒

一片，只有门卫室还散发着微光。

程燃上前敲窗，里头的保安探出头，第一眼还以为他们是画室的学生，张口就训："你们怎么溜出去的？已经上课了知不知道？"

"叔，我们不是这儿的，我们只是来看同学。"秦天忙解释道。

"哦。"保安大叔收敛神色，装作无事发生，给自己台阶下，"难怪我看你们几个都不面熟……"

"那一个个来登记吧，证件带了没？"

"带了，带了。"秦天点头，第一个上去登记。

毕竟他们是得在杭城住一晚的，怎么可能不带证件。

"那你们看完同学早点走啊，晚了坐车不安全。"保安大叔给他们把小门打开，一行人鱼贯而入。

"糟了，我们没问油桃在哪儿，这怎么找啊？我好像连教室都没看到？"秦天在花坛旁边转了好几圈，放弃寻找了。

"问人吧。"赵知著说。

"那边亮着灯，可能是办公室。"程燃抬腿就走。

敲门后他们和里面的人说明身份和来意，画室的老师都挺年轻的，一个个穿着打扮都不像龙溪一中的老师那么死板。

他们笑着问："你们知道她在哪个班吗？"

"A 班。"赵知著回答道。

"啊，这不是胖达他们班……"其中一个老师反应过来，说着就打开身后卫生间的门，喊道，"胖达你出来！"

"哎哎哎，来了！"一道憨厚的声音从里头传出来。

没过几秒，一个穿着圣诞老人衣服的胖子笑呵呵地从门里头挤了出来，他脸上的胡子还没来得及粘上，可以看到眼下有一块浅色的胎记，结合他胖胖的身躯倒确实挺像熊猫的，这外号取得形象。

"游桃桃是你们班的吗？"老师问他。

胖达一愣，继而反应过来，点头道："是啊。"

"那你带他们过去吧，她以前学校的同学来找她。"

"行，你们跟我走吧！"胖达手一挥，粘好白胡须，提着袜子形状的大袋子便往外走。

那袋子看着鼓鼓囊囊的，也不知道装了些什么。

"你们等会儿站在门外边别出声哈。"胖达叮嘱。

四人只管点头，说话间走到了刚刚他们差点就推开的大木门前，中间还路过了游桃桃朋友圈里的那棵圣诞树。

秦天咋舌："你们画室挺'壕'啊，这么大的树。"

"还行吧。哎，哥们儿，帮个忙，等会儿我说一二三你们一左一右同时帮我把门拉开。"胖达说。

"行。"

程燃和秦天分别握住两个门把手，只等着胖达一声令下。他的手正放在那个布袋子里，看起来是在做什么准备的样子。

胖达看看夜光表，当七点整来临之际，他喊完"一二三"，大门应声而开，广播里突如其来传来《Jingle Bells》的歌声。

胖达几乎是跳跃着冲进去的，仿佛胯下有一头隐形的麋鹿。

大棚里还拿着画笔的大家被吓蒙了，紧接着就有糖果雨从天而降，是胖达从袋子里撒出去的。

直到他大呼："同学们！Merry Christmas!"大家伙才反应过来，在老师们早已知情带着笑的眼神里尖叫起来。

画笔一扔，就是狂欢！

依然站在门口吹冷风的秦天、李向阳他们看着里面热闹的景象一动不动，秦天满脸羡慕："他们画室真好，要不我也去学画画好了……"

"可是我们还是没找到游桃桃。"李向阳不为所动，推推眼镜冷静道。

"不急，他们好像要出来了。"程燃说。

几人看过去，果然，画室里的学生好像都在从老师那拿什么小卡片，话音刚落就已经有人开始从里面走出来了。

最开始出来的几个人还奇怪地朝程燃、赵知著他们看了眼，到后面出来的人越来越多，也就没人在意他们了，只有他们四个人目不转睛地寻找着游桃桃的身影。

所有人都在朝圣诞树的方向拥去，游桃桃动作慢了一点，但还是拿着写好的卡片随人群挪出去。

"桃桃！"

"油桃！"

突然，游桃桃好像听到有人叫她，在鲲鹏所有人都叫她"桃子"，熟悉的叫法一出现她还以为是自己幻听了，但还是本能地转过头去。

竟然是真的！

赵知著、秦天、李向阳、程燃四个人整整齐齐地站在门边看着她笑。

游桃桃瞪大眼睛"嗷呜"一声就扑了过去。

"啊啊啊啊啊啊，你们怎么来了！"游桃桃抱住赵知著激动得鼻头都红了，不过也有可能是冻的。

游桃桃白嫩的脸上一有红晕就特别明显，搁大冷天的一看像冰糖柿子。

"不是在朋友圈和你说了？"赵知著笑道。

"我以为你只是随便说说的……"

"桃子你不走吗？"有认识游桃桃的人也出来了，看到还呆在原地的她不免问了一下。

"马上，你先去吧。"游桃桃转身回复那人。

"你们是去干吗啊？"秦天问。

游桃桃晃晃手里的小卡片："许愿，然后挂到圣诞树上。"

"不然我们一起去吧，我再去找老师拿卡片！"说着游桃桃就跑回了大棚里面。

"笔给你们，我只有铅笔，没关系吧。"没多久游桃桃就拿着卡片和好几支铅笔又跑了出来，气喘吁吁的，足以见得这个大棚的面积可观。

"没想到校庆时没赶上许愿，倒在这里赶上了。"程燃感慨了一下，然后低头在卡片上写愿望。

"写完了吗？走吧走吧，赶紧的！"秦天激动得好像他才是这个画室的学生一样。

其他几个人也赶紧跟了过去。

他们到得晚，圣诞树下已经没有那么多人了，只是靠地面的树枝上已经被挂得满满当当，再也没有一根多余的枝丫了，甚至连彩灯的光都被挡了个七七八八。

所幸画室很贴心地还在旁边放了一架梯子。

"我们一起挂到上面去吧。"游桃桃提议。

"我来我来！"秦天积极响应。

说着他就自主地收过他们手里的卡片，开始爬梯子，程燃和李向阳过去给他扶着。

"我们是挂一根树枝上，还是分开来啊？"秦天在梯子顶端问他们，声音有点虚。

程燃叹气扶额，刚刚谁都忘了秦天其实是有点恐高的。

"都挂一起吧。"程燃抬头回答他，想让他赶紧挂完赶紧下来。

两秒之后，秦天被空中的一声巨响吓得一哆嗦，差点瘫在梯子上。

所有人都抬头往上看去——是画室准备的烟花，在城市郊区的夜空中绽放开来，蓝紫的硝烟、闪亮的星坠。

一团接一团，不知道下一秒会是什么形状，什么色彩。

短短十几秒的烟火照亮了半个天空，也几乎照亮了整个画室的操场。在烟火的掩映下，让所有人都看清了操场上的大横幅——鲲鹏画室，带你去想去的未来。

再下一秒，广播里又响起了音乐声，是连赵知著他们都耳熟能详的一首歌——《追梦赤子心》。

身旁有画室的女孩子"呜呜呜"地在和同学吐槽："我去，怎么是画室的起床铃，这让我以后怎么面对起床啊，也太热血了！"

歌还没有放完，可这一场艰苦青春间隙的狂欢已然落幕，老师们催着学生回大棚继续画画。

游桃桃知道，这次见面也将结束了。

"我们要走啦。"赵知著轻声说。

游桃桃噙着眼泪什么都没说，踮起脚用力地和赵知著拥抱。

两个女孩身上的棉袄和围巾堆得又厚又软，让人不舍得放手。

李向阳默默地看着游桃桃回画室的背影，秦天还陷在激动里一个劲地拍圣诞树的照片。程燃和赵知著并肩而立，望着远处的天空。

接着夜色里突然起风了，那条画室的横幅鼓动起来，闯进程燃眼里。

少年顿了一下，风将发梢吹落在他高挺的眉骨上，他转过头对赵知著笑了一下，说："喂，要不要一起去我们想去的未来？"

赵知著一怔，然后也笑了："好啊。"

广播里的歌已经步入尾声，那就如它所唱吧，不如纵情燃烧。如果有你和我一起跑向未来，我或许就真能坚持到最后一刻。

四人坐着车返回市区，三个大男生挤在后座，赵知著一人坐在副驾。

新鲜劲过去后，秦天就像一条被拍在海岸上翻肚皮的鱼，瘫在座位上呻吟："我好饿啊，好饿啊，饿啊……"

"师傅，还有多久能到啊？"李向阳看不下去了，善良地向司机提问。

应该这样说，李向阳之所以对秦天突然宽容，是因为托了秦天姐夫的福，那些小混混不仅不再来犯事，反而还挺照顾他家生意，毕竟朱浩虽然退出江湖了，但淫威仍在。

本来他妈妈平常也会做些小炒夜宵当副业，现在它反而变成了主要收入来源。每天一到晚上，技校里那群人就呼朋引伴地来吃吃喝喝。

辛苦当然是辛苦，但李向阳妈妈还是很高兴。这样下去，不用贷款，李向阳上大学的钱也有了。

"快了快了。"司机看了眼导航说着，"只要不堵车，再有二十来分钟就能到。"

"这么晚了还堵车啊？"秦天问。

"你们的宾馆靠着西子湖在市中心，今晚既是周末又是平安夜，人多得很！"司机解释。

"对哈！"秦天喜出望外，灵机一动就提议了，"那不如等下我们一起出去吃夜宵吧！我还没看过西子湖呢！"

大家没吃晚饭都饿着呢，于是无声地应允了。

他们到宾馆后先把东西放好，然后从后门出来，绕过一条小巷再过个马路，就到西子湖了。

"怎么什么都没有啊……"在寒风瑟瑟中走了十几分钟的秦天终于抱紧自己，弱小可怜又无助地提问了。

"这块又没有景点，很正常。"赵知著瞥了他一眼，双手插兜慢慢走着，一身长款的白色羽绒服将她从头包到脚，完全不惧严寒。

"再走走吧，那边看起来人就多了。"程燃说。

好在今天是平安夜，出来溜达的人还比较多，湖边有一些夜市餐厅还开着，人们三三两两地坐着，还有弹着吉他唱歌的人在旁边衬景。

"要不就这儿吧，我走不动了……"秦天扒在树干上不肯走了。

这地方的装修看着有些小资，消费对于还是学生的他们来说可能不低，他们三个倒是没什么压力，但都怕李向阳……

赵知著看了看李向阳，只见他推推眼镜，点了点头。

菜单一上他们发现价格倒也没有这么恐怖，但都是以西餐为主的食物，赵知著兴致缺缺，把点单权交给了三个男生。

"来，最饿的先点。"程燃把菜单推给秦天。

"我们来个芝士焗牛肉吧！"秦天早就饿得两眼飘星，一看到"牛肉"二字就忍不住了。

"然后……蛋黄鸡翅、德式烤肠拼盘。"

"那我觉得四位的话可以直接点我们的圣诞套餐哦。"侍应小哥在旁边开口了，"里面包含了刚刚您点的烤肠拼盘，还有一份瓦伦西亚海鲜饭、一份凯撒沙拉、一份特煮圣诞热饮。价格的话是298元，如果菜品不够还能再单点。"

"那就先上这个套餐吧。"程燃直接替秦天做了这个决定。

其实如果不是传统的高档西餐厅的话，分量也不会少，四个人当夜宵垫垫肚子也差不多了。

半个小时后，大家已经吃到中途，是秦天第一个感觉不对劲的。

他之前还冷得发抖，但现在已经完全把外套敞开了，甚至还想直接脱掉。他拿着纸巾摁了摁额角，说："我怎么越吃越热啊，是不是空调开得太高了？"

"没有吧。"李向阳眨眨眼睛，觉得一切正常。

"我也还好。"程燃停下叉子，静静地感受了一会儿。

"哈哈哈哈哈……"

旁边忽然传来有点痴傻的笑声，大家缓慢又僵硬地转过头一看——赵知著撑着下巴红着脸，目光涣散地笑个不停。

什么情况！

大家惊得叉子都拿不住了。

"你们觉不觉得，树下那个人长得好像主任啊，哈哈哈哈哈……"

赵知著指着餐厅落地窗外。

秦天也不管空调有没有开高了，满脸惊悚地探出手去想试试赵知著额头的温度。

然后被程燃一巴掌把手打掉。

紧接着程燃弯腰仔细闻了闻那锅做得跟汤一样的热饮，里面应该是加了不少水果，味道酸甜。他和李向阳不喜欢喝这种既不是果汁又不是汤的东西，所以这大半锅基本都是秦天和赵知著喝掉的。

"服务员！"程燃把侍应小哥叫了过来，指着那锅热饮问，"这到底是什么？"

"我们的圣诞特供热饮啊，白兰地、红酒加蜂蜜，配合水果和特制香料一起煮，消除了酒的涩味，口感很顺滑的。"侍应小哥对自家饮品赞不绝口。

所以这是酒，那赵知著应该是……喝醉了？

程燃扶额无奈地笑了，虽然说四个人都已经过了十八岁生日，但怎么也还是高中生，猛不丁发现自己喝的竟然是酒，还有点无所适从。

"那我们吃完赶紧回去。"李向阳说。他看了看外面，已经没什么人了，这店估计也差不多要打烊了。

四人很快收餐，一出餐厅的门，南方冬夜的寒意就让人不禁哆嗦。秦天刚刚喝出来的温度瞬间荡然无存，跳着脚说"好冷"。

赵知著的思维已经不在线了，她自顾自地往湖边走去，吓得程燃拔腿就追，然后回过头叮嘱李向阳和秦天先回去。

还好赵知著并没有干什么危险的事，她只是走到湖边的长椅旁就坐了下来，看着夜色中的湖面发呆。

"我第一次来西子湖的时候是七岁，那时候妈妈和外婆都还在。"

夜风推动着水浪，一下下拍打着石岸，旁边只有一盏昏暗的小路灯。这样的寂静时分，这湖仿佛又重回了千年前的模样。

程燃与赵知著并肩坐着，没有说话。

"那一年冬天杭城突然下雪了，明明我后天是要期末考试的，我妈却心血来潮骗老师说我生病了，请假带着我和外婆一起来西子湖看雪。"

赵知著笑了一下，似乎长大之后再回想母亲的事迹，觉得她仿佛是一个长不大的小孩。

"崇祯五年十二月，余住西湖。大雪三日，湖中人鸟声俱绝。

"那个时候我们一起走在苏堤上，远处雾茫茫，全是一片白色，妈妈突然就开始背书。小时候我听不懂，但一直记住了'雾凇沉砀，天与云与山与水，上下一白'这一句。直到长大后才知道这篇文章原来叫《湖心亭看雪》。

"第二年冬天，她就去世了，乳腺癌。"

先前那个暑假，赵知著只对程燃说她和家里有矛盾，她爸决定不管她了。当时程燃以为她或许只是要强不愿对其他亲人低头而已，就像他一样。

程燃的喉结动了动，却说不出话来。

最终，他只是问了一句："冷吗？"

赵知著摇了摇头，说："再坐一会儿吧。"

时间仿佛就此停止，程燃没敢转头看赵知著，他怕在赵知著脸上看到令自己手足无措的表情。

只有湖水缓慢起伏的影子，冬天的灯罩下，连扑火的飞蛾也不见。

也许酒精终于发酵到了最后一刻，"咚"的一下，女孩的头倒在了程燃肩上。

他低下头看了看，赵知著像是睡着了，脸色红润，呼吸平缓。

程燃叹了口气，小心翼翼地将她扶正，帮她戴上羽绒服的帽子，然后背着她不缓不慢地走回了旅店。

从夜色中的西子湖畔，一直走进江南石板的巷陌之间。

第二天，赵知著在自己的房间里醒来。宿醉之后口干舌燥的，于是她一口气把酒店里的矿泉水都喝了。

四人是上午的火车回龙溪，算算时间也到了该退房出发的点。

这次是大家一起订的车票，座位号都连在一起。系统把赵知著和程燃的座位分配到了一起，两人之间略有些尴尬的气息在萦绕。

因为赵知著还不至于喝断片，她醒过来之后就回忆起了昨晚和程燃说的那些话，那些她连游桃桃都没有告诉过的话。

以至于她现在都不知道该和程燃说点什么。

好在程燃也不提，他装作无事发生的样子掏出耳机开始听音乐，闭着眼睛不知道是在养神还是打算睡觉。

赵知著松了口气，掏出包里的书翻看起来，这是她坐车的习惯。

大约一个多小时后，窗外开始有阳光出现。赵知著觉得有些刺眼，想把窗幕拉下来一些，但她还未起身，"嗒"的一声，白色的耳机突然掉落在了赵知著摊开的书页上。

她错愕了一秒，顺着耳机线抬头看去，只见少年熟睡的脸微微歪着，列车疾驰下的光影在他发梢流动。

鬼使神差地，赵知著忽然很想听听程燃手机里的歌，于是她拾起那枚耳机，低头小心翼翼地放入自己耳中。

男女合唱的声音像蜜罐里长出的一枝野玫瑰，盛开在赵知著耳朵里。

忽然，她肩头一重，少年熟睡的身子彻底压了下来，鼻息缓缓地扑在女孩颈侧。

赵知著僵坐着，却始终没有把程燃推开，两人就这么一动不动地坐到了终点。

"扑通扑通扑通……"

程燃的睫毛颤抖了一路，没有人知道，他明明在耳机掉落的一瞬间就已经醒来。

有时候人好像会不由自主地说些真话，又说些谎话，但在这些连自己都觉得不解的行为里，我们却靠得越来越近。

第十四章

短歌

去杭城的那一晚像是做了个梦，回到龙溪后一眨眼，便又到了寒假。

　　这是他们高中时期的最后一个寒假，赵知著也拒了给囡囡家教的工作，认真准备迫在眉睫的高考。

　　"外卖到了，吃完再写吧。"程燃拎着一大袋打包盒放在餐桌上。

　　"好。"赵知著还是过了两分钟才终于停笔，走过来说，"等会儿我去找韩老师拿期末卷，你去打印附中那边的卷子。"

　　"嗯。"

　　从圣诞许愿之后，赵知著和程燃竟然真如他们约好的那样，一起"好好学习天天向上"起来。

　　因为他俩的进度要比年级其他人快上一大截，再做老师平常给布置的基础题已经没有意义了，于是两人开始互相分享一些有意思的难题，每天一起做掐表专训，看谁解得更快。

　　今年年前，龙溪迎来了一次小范围的升温，暖阳高挂，体感温度舒适了不少。

　　赵知著到走廊上的时候正好碰见刚开完会出来的韩娜，她笑着把赵知著招呼过来，问："来拿期末卷子？"

"嗯。"

赵知著说:"还有程燃的卷子也一起给我吧。"

即使秦天他们都不知道赵知著和程燃已经成了邻居,可韩娜不会不知道,毕竟学校要填写住址信息并且核实的。

"这次你比程燃就少了两分,觉得可惜吗?"韩娜把卷子递给赵知著,问道。

赵知著没说话。

韩娜知道自家课代表是个什么性子,叹了口气,缓缓说:"你这次英语有一个完全的低级错误,短短一篇作文,你拼错了两个单词。

"我听其他老师说,你最近好像特别专注于数学。这可能确实是你的短板,想要提高是好事,但你的优势科目也不能松懈。"

这两句话一说完,韩娜似乎又觉得自己说重了,于是开始重新安慰起人来:"我其实是有点担心你的状态的,你绷得太紧了。我们班,就你和王可娴……不过她是有原因,但我觉得你完全没必要,该放松的时候就放松一下。高考最重要的是心态。"

韩娜可能是刚开完会,得尽教导主任的真传,现在说话有点停不下来了。

"以前李向阳也挺紧张的,但最近他好像好多了。"说到这个,韩娜好像突然想到了什么,"咦,李向阳今天怎么没来拿卷子?"

往年他都是最积极的一个,即使说他放轻松了也不至于松成这样吧。

不过韩娜也没多想,她摆摆手:"那你把李向阳的也一起拿走吧。"

赵知著抱着一打卷子离开教学楼,然后当机立断地给李向阳打了个电话,准备问问怎么把卷子给他。

结果手机"嘟"了半天也没人接。

"电话响了！"收银台的桌面上一片狼藉，单据满天飞，但也盖不住那正在振动发光的手机，收银员忙得快要起飞，暴躁开口，"这是谁手机啊？"

新开业的金店里人来人往，大家都忙着护柜推销，没人理她。不知道谁抽空瞥了一眼，说："好像是那个穿玩偶服的小孩的吧，那人是老板找来的，你别把人家的手机弄丢了。"

还是老板的名头有用，这话一说，收银员小姐也不暴躁了，闭嘴把那部手机锁进抽屉里。

直到夜色四起，街上的人陆续开始回家吃饭，开业横幅也看不清了，李向阳才下工。

他把那个沉重又劣质的玩偶头套一把摘下，喘着粗气戴眼镜。整个玩偶服又厚又闷，即使是冬天也足够把人逼出一身热汗。

"来，喝水！"孙小勇扔给李向阳一瓶矿泉水。

"谢谢勇子哥。"李向阳笨拙地接住那瓶水，但他还穿着玩偶服，根本没法拧开。

孙小勇还是顶着他那熟悉的一头黄毛，不过好歹冬天看起来没有那么瘦了。这家金店是他叔叔家开的，把开业这天找临时工的事情交给孙小勇去办，恰好被李向阳听见。

于是那天李向阳支支吾吾求孙小勇有没有什么是他能干的，这才来这边穿了一整天的玩偶服，赚了三百块。

"哎，跟哥说说，你到底干什么非要赚这几百块钱啊？"孙小勇拉住要去换衣服的李向阳不停地问。

李向阳无奈只能放他一起进来卫生间。

"有点事情要用钱而已。"

"你妈最近卖夜宵挺赚钱的啊，怎么不问你妈要？"孙小勇一边叨叨，一边开始了自己的猜测，"你是不是要用来追女生……"

李向阳被他折腾得没法，叹气道："不是，是我自己要用。"

"你花钱？"孙小勇摆明了不信，以他认识李向阳那么多年，这样从小到大的优等生，唯一要花钱的大概只有买书了吧。

他上下打量了一下李向阳，这时候李向阳已经把自己原来的衣服给换回来了。

孙小勇忽然恍然大悟地一拍腿："哦，我知道了！你想买鞋是吧！唉，我懂，男人嘛，跟哥说说，看上了哪款，钱攒够了没有？"

"谢谢勇子哥，等你结完今天的工资我的钱就攒够了。"李向阳朝他一摊手。

"……"孙小勇默默掏出手机准备转账。

李向阳这才发现他忘了去拿手机，于是又带着孙小勇折回店里找手机。

"我去，你还有除了你妈之外的未接电话啊？"又是孙小勇在偷窥李向阳的屏幕。

李向阳继续叹气，转个身挡住了手机。但是他也很奇怪赵知著为什么给他打电话，再一看微信，原来是问他为什么没来拿卷子，是不是有什么事。

大家这统一刨根问底的架势，揣着秘密的李向阳差点就装不下去了。

但最终，这个秘密还是成了真正的秘密，藏在青春里，无人知晓。

几天后就到了农历三十，又是一年团圆夜，两位独居的高三生再度携手跨年。

咕嘟冒泡的锅里红油翻滚，辛香扑鼻。在这一年一度普天同庆的不眠之夜，散发着温馨暖光的客厅里，却传来实验室里才会出现的那般冷静的声音。

"你这个受力图……是不是画错了？B点的约束力呢？"程燃拿过赵知著的稿纸扫了一眼，质疑道。

"B点？"赵知著探过身子去看，这一看白眼就翻出天际了，"大哥，吃火锅就别戴眼镜了行吗？我画的是PC拱的受力图，哪儿来的B点啊。"

说着她手一伸就取走了还架在程燃鼻梁上，早已经雾气弥漫的眼镜。

"哦，不好意思，看错了。"程燃说着不好意思，可手里的筷子一点没停下，刚翻卷烫熟的肥牛就被他夹进了自己蘸碟里。

"行了，我这一part结束，给你整理的100道英语选择题做完了没？"趁着发问，赵知著也一点没客气，把程燃放在空碗里刚刚晾好的牛肉丸倒进自己碗里。

两人就这么一边吃着一边刷题，没有电视里的晚会当背景音，连时间的流逝也自然忽略过去。直到食材变得寥寥无几，剩下的蔬菜都氧化变色，他们才想起拿手机看看。

"十一点半了，收拾一下？"程燃问。

赵知著没答话，直接懒洋洋地伸手把他们刚刚拿出来的书和卷子拢到一起，然后端着盘子走进厨房。

一人负责清洗，一人负责收尾，终于赶在十二点之前结束了一切。

赵知著把手上的水擦干净，觉得皮肤有点干，于是拿了钥匙准备回家擦个手。

　　"怎么了？"程燃问。

　　"回去拿护手霜。"

　　"这儿呢。"程燃无奈地凭借记忆从沙发缝里给赵知著把护手霜掏了出来。

　　那个护手霜是锡管包装的，黑褐配色的外包装，黑色小盖，已经被捏得歪七扭八了。要不是上面还印着密密麻麻的英文，程燃差点把它当成了自家的鞋油。

　　赵知著从程燃手上接过护手霜，拧了一点到手背上抹开。

　　忽然茶几上的手机亮了一下——是系统推送的新闻，屏幕上显示的时间已经是 00:02 了。赵知著的护手霜里浓郁的木质香驱散了火锅留在客厅里的余味，萦绕在程燃鼻端。

　　"最后一年了。"程燃喃喃着。

　　"什么？"赵知著抬头问。

　　"没什么。"程燃笑了笑，双手插兜，"新年快乐。"

　　这是最后一年了吧，半年后，高三结束，不知道以后你的每一个新年会在哪里，又和谁一起度过。

　　赵知著没有感受到程燃隐藏起来的情绪，她握着护手霜一边囫囵应答："新年快乐。"一边想着自己要带些什么东西回家。

　　实在是放寒假这些天以来，除了睡觉，刷题吃饭都在程燃家，今天一小点明天一大沓，不知道什么时候起，她大半日常使用的小东西都迁徙到了程燃这儿。

她一边想着，一边踱回了自己家，一开门，空荡荡又冷寂的气息迎面扑来。

　　赵知著呆了三秒，三秒后她果断地把灯关了，回到程燃家门口敲门。

　　"怎么了？"程燃举着牙刷探出头问。

　　赵知著把手里的卷子"唰"地提起来，微笑道："不如我们通宵刷题守岁吧。"

　　程燃明显蒙了，接着他无奈地叹气，牙刷上刚挤好的牙膏摇摇欲坠："没必要，真的没必要。"

　　赵知著看着不知道为什么突然很想笑，于是没忍住发出了一个短促的气音。

　　"什么啊……"程燃也跟着笑出来了。

　　两个人一直笑到扶门，程燃断断续续地说："笑得我……都不困了哈哈哈哈……你怎么回事……"

　　赵知著笑得气都喘不匀，卷子抖得像筛糠。

　　与此同时，杭城的游桃桃刚结束画室的年夜饭。

　　她们穿着画室里统一的黑色校服，挽着手东倒西歪地从食堂走回宿舍。

　　"啊啊啊，为什么明天还要上课啊！"王乐婷向夜空发出哀号。

　　"有这一晚上给你吃饭就该偷着乐了，还想放假。"游桃桃凑过去捏人家的脸，"醒醒吧。"

　　"哎，你还捏我的脸，你完了！"王乐婷也开始上手捏游桃桃的脸。

　　两个人躲来躲去，差点摔进花坛里。

　　"注意安全！注意安全！"前方传来一道呵斥声，极其熟悉的音色。

　　两人抬头一看，发现果然是他们 A 班的班主任大耳。

大耳人如其名，就是因为长了对招风耳，又常年留着寸头把耳朵尽数露出来，于是只要一看他，目光就会被他的耳朵吸引。

大耳从小操场那边冒出来，瞪着眼睛凶她们，让游桃桃、王乐婷没事就赶紧回宿舍睡觉去。

他身边还跟着一个比他还高大的女生，如果眼睛转得快一点的话，还能看到最开始女生是挽着大耳的。游桃桃对她有点印象，这不是半个月前才来画室的助教小姐姐酥酥嘛。

但对于大耳的凶言凶语，其实都没人在怕的。

王乐婷立马笑嘻嘻地把大耳糊弄过去："马上走马上走，不打扰你们，嘿嘿！"

大耳立马露出"要死啊"恼羞成怒的表情，佯装要训人的样子。

王乐婷赶紧拉着游桃桃跑进了宿舍。

"所以酥酥姐和大耳是一对？"游桃桃后知后觉地发问。

王乐婷一脸不可置信："你才知道啊……"

"我只知道大耳有女朋友，但不知道是谁。"游桃桃说。

当然，大耳有女朋友这回事，全班都知道。毕竟大耳此人骚气非常。好像是某一天上课来着，大耳看着众人手下的素描头像一个个歪瓜裂枣的模样，气不打一处来，开口就骂："我都教到这份上了，你们还画得跟屎一样，这让我怎么教，啊？难道还要握着你们的手教吗？那可不行，我是有女朋友的人！"

全班顿时发出"鹅"笑。

但真是没想到，大耳的女朋友竟然是人高马大的酥酥姐，大耳走在她旁边完全是"小鸟依人"。

"早点睡吧，明天早上八点还要开会……"王乐婷拍拍游桃桃的肩膀，语重心长完后，两人分别走进了对门宿舍。

　　第二天，大年初一。

　　清晨四点，别人家放爆竹的都还没起呢，李向阳就悄悄地从被子里钻出来了。

　　大过年的外面一个夜班司机都没有，他只能自己骑着自行车就着微弱光线的路灯前往车站。晨雾弥漫，他总是骑一骑就要停下来擦擦眼镜。

　　好在他还是赶上了五点的那趟火车，然后裹着棉衣在空荡荡的车厢里一路睡到了终点站。

　　七点五十八分，当游桃桃手忙脚乱，一边叼着包子，一边拎着椅子闯进投影教室的时候，李向阳也终于乘上了杭城火车站前往鲲鹏画室方向的公交车。

　　大耳非得赶在早上上课之前来开会，大家前一天除夕都玩疯了，这会儿全是强撑着眼皮进来的。

　　挨着八点，大耳一句话已经被打断了八次——平均每两秒门口就出现一个"报告"。

　　大耳在爆炸的边缘忍无可忍，破口大骂："我说今天早上八点开会说了几遍了，你们一个个的能不能准时！"

　　"下一个再进门的就罚站！"

　　大耳话音刚落，门就应声而开，众人瞬间屏住呼吸，就等着看这是哪个倒霉蛋撞枪口上了。

　　结果竟然是酥酥。

大家的表情瞬间变得很精彩，憋笑憋得快倒下去了。

大耳默默地摸了摸自己的鼻子，装作无事发生，只有酥酥一脸无辜地左看右看，不知道发生了什么。

游桃桃在同学们背影的间隙里，把这事三言两语地编辑到了群里，打算让赵知著他们也在新的一年里笑一笑。

只可惜，前一晚非要刷题守岁的赵知著和程燃两人，刚趴在沙发上睡着没多久。至于秦天那个缺根弦的，这个点还完全没醒。

只有李向阳一个人，坐在靠窗的公交车座位上，低头对着手机屏幕弯起了眉眼与嘴角。

接近中午十二点的时候，李向阳终于赶到了鲲鹏画室门口。保安大叔对他还有点印象，惊异道："大年初一还来看同学啊？"

李向阳没想到保安大叔竟然是个过目不忘的，语焉不详地掐了个谎话："那个不是……是亲戚。"

保安大叔看李向阳也不像个高危分子，登记完后就挥手让他进去了。

李向阳到的时候正好赶上画室中午的饭点，大棚里的饿狼们倾巢而出。他戴着口罩站在门边一眼就看到和女生手挽着手走出来的游桃桃。

他犹豫了下，还是没有叫她。

反正，他也只是想来看看她好不好，一切只是自己的私心罢了。

"不是吧……又是饺子……"食堂里一片哀号。

看来是年夜饭那晚包了太多的饺子，今天早午晚餐都能看到各种饺子，吃得大家看到饺子就反射性饱了。

即使胃口好如游桃桃也投降了，她打了点日常菜，路过自助区的时候还顺手装了碗白萝卜汤。

但是冬天穿得太多行动不便，游桃桃一手顾着汤，一手端着餐盘差点滑了一下，紧急时刻有个人扶住了她。

游桃桃抬头一看，是个穿着黑色外套的男生，乍一看和画室的校服很像，但他戴着口罩和帽子，也不知道是哪个班的。

"谢谢啊。"游桃桃说。

一旁坐在座位上的王乐婷早就盯上了这两人，就等着游桃桃一过来就开始逼问："那个男生谁啊？我好像没在 A 班见过他。"

"我也不知道。"游桃桃先喝了口快溢出来的汤，"要说像的话，我倒觉得有点像我以前学校的一个朋友。"

"谁啊，圣诞过来找你的那些人里的吗？"

游桃桃点点头。

"是不是那个最帅的男生啊？"王乐婷目光炯炯，饭都忘记吃了。

"程燃吗？"游桃桃歪头自语，"不是啊，是另一个，不怎么说话的一个男生，叫李向阳。"

戴口罩的男生突然身子僵了一下，拔腿走了出去。

杭城的冬天气息冰冷，这处在郊区的鲲鹏画室更甚，此时大家不是在食堂吃饭就是在宿舍休息，外面没几个人。

大棚和食堂之间有一个人工景观池子，冬天不结冰但有散发着寒意的水"哗哗"往下流，池边的绿植也有些萧瑟之意。

李向阳把口罩一把摘下，呼吸着冰冷的空气，一时间脑海清明，像大梦三生一朝醒来。

他抬头向着天空笑了一下，知道自己这场仿佛朝拜一样没头没脑的旅途要结束了。

李向阳不知道自己为什么非要来看上一眼，也不知道自己为什么突然就决定可以回去了，但他却觉得此刻的自己无比放松。

他在等待高考的十八年里，终于做成了一件不亚于高考难度的大事，他的少年时代不会写下"后悔"了。

但有一个女孩，和着这段无人知晓的新年旅程，在这个寒冷的新春之日，成了他心底里，遥远的、秘密的、不可侵犯的玫瑰。

大年初五，赶五穷，迎财神。

本来大家对这些东西已经知之甚少，但奈何初六他们这些高三学生就该回学校上课了，秦天表示，不管说什么也要找个理由溜出去浪最后一圈。

更别提今年龙溪市还为了打造"传统文明城"专门搞了个祭财神的活动。在法延寺一路请人舞剑开市，卖各种民间手工艺品，还有现做打糕、油赞子、臭豆腐一溜儿排开的小吃摊。

秦天揣着崭新的两张红票子蹲在石墩旁边，"呼哧"地吹着烫嘴的生煎，他已经做好了要从街头吃到街尾的准备。

不过秦天本来是想约程燃他们一起出来的，奈何他们一个两个的，全要学习。就连二毛和飞仔都被家长堵死在家里看书收心了。

反而是他姐听说这个活动还挺感兴趣的，于是和朱浩两人，再带上秦天这个拖油瓶就赶过来了。

秦天只顾着吃，秦梦对那些没什么兴趣，拽着朱浩蹲在隔壁小摊上看人家怎么给瓷碗素坯勾花纹上釉。

他们各走一边地逛着，秦天突然在层层叠叠的小吃摊里找到了童年的味道——泡虾。

　　小的时候他和秦梦在奶奶家住过一阵子，奶奶是桥州人，那边靠海，所以什么食物里都要放点海产进去。泡虾其实就是炸制而成的小油饼，馅里混着碎肉、鸡蛋、虾仁、葱花，外面再裹上一层厚厚的粉浆，入油锅一炸，鲜香脆美。

　　他记得秦梦特爱吃这个。

　　"老板，来……两个。"秦天把钱掏出去，心想朱浩就算了吧，万一买了他不爱吃，岂不是浪费。

　　秦天捏着老板装进小纸袋里刚出锅的泡虾，飞速穿过人流找到秦梦，隔着两米就开始叫"姐"。

　　"我给你准备了个惊喜！"秦天把拿着泡虾的手背到身后，满脸等夸奖的飞扬表情。

　　秦梦却突然一皱眉，说："你吃什么了，一股油腻腻的味道？"

　　秦天蒙了，缓缓地把身后的小纸袋拿出来："泡虾啊……"

　　秦梦到底还是惊喜的，多少年没吃过了。她接过袋子想一口咬下去，然后仅仅只是一个呼吸，她又皱起了眉——直接弯下腰来干呕起来。

　　"怎么了？怎么了？"朱浩赶紧拧水给秦梦喝。

　　"不吃了，有点反胃。"秦梦摆摆手，把泡虾还给秦天。

　　"老婆，你不会是……那个啥了吧……"也许是顾及秦天还在一边，朱浩说得挤眉弄眼。

　　但他还真提醒了秦梦，这么说来的确有可能是她怀孕了。

　　秦梦当机立断地扯过朱浩："陪我去医院检查，如果是真的话，下午去你家告诉爸妈。"

　　话说到这份上，秦天也反应过来了。即使他是个男孩，也是个看过电视剧的男孩，心里已经猜出八九分了。

但秦天还没来得及说话，秦梦就揉了揉他的脑袋，说："你吃完东西就赶紧回家，如果晚上我们还没回来记得收拾好明天开学的东西。"

再一转眼，朱浩就招来出租车带着秦梦走了。

秦天站在喧闹熙攘的街市上，一个人站了很久。开春的太阳柔和地照射下来，他揣着手里逐渐凉透的泡虾忽然觉得有些孤独。

"没意思。"他想。

财神爷，等我做完一千张卷子考完高考，您能让我遇见一个可以陪我一起来拜您的人吗？

算我求您了。

第十五章
first love

人生

初六、初七是万年不变的开学考。

所有高三生的脸上都晦涩一片，手下的动作像运转到快要返厂报废的流水线机器。就连秦天和龙小侃之流都失去了闹腾的兴致。

这样的日子里，高一高二的都还未返校，整个校园安静得像无人一样。大家在考试间隙中，也只会安静地坐着复习下一门课的内容。

对此，秦天不得不屈服。老师和长辈每天耳提面命的那些话真的是对的，比如他现在就静不下心来回归学习，他觉得这次考试他大概要玩完。

秦梦可能会弄死他……吗？

秦天想着想着突然不确定起来，毕竟他姐已经怀孕了，以后他姐估计也没心力再管教他了吧。

明明不用再挨批挨揍了应该是一件高兴事，但此刻衬着二月乍暖还寒的空荡校园，他竟然顿生凄凉。

秦天抓着头发瘫软着身子，继续垂眼看书。

然而再苦闷的最后一学期，也有让人值得期待的改变。

考完最后一场英语的时候，本来就是监考员的韩娜，瞬间转换成高三一班班主任的身份，拍了几下讲台，不容指摘地发布了一个新政策——

"大家今天把不用的书尽可能地都整理一下带回去，明天我们还是按成绩排座位。但是，为了提高教室面积的利用率，以后我们左右两组并在一起坐。"

并在一起，那不就是……同桌！

底下瞬间燃起了一把小火，对于这群脑袋四肢都快木头化的高三生来说，即使只有火星也足够噼里啪啦燃个半天了。

有些人竟然还敢当着韩娜的面就躁动起来。

"安静！"韩娜的脾气暴躁程度随着他们毕业的时限而步步攀升。

"不是完全并在一起，桌子和桌子中间留出四十厘米的空间来让你们放书，省得你们成天抱怨几箱子书没地方放，也给我们老师下来巡视留条道。"

韩娜一解释完立马满室"喊"声。

大家疲惫地站起身来开始收书包，只有王可娴眼里闪烁着对知识渴望的光芒，她扒拉在赵知著桌子边说："那这样太好了。赵知著，我们俩坐同桌吧。"

赵知著转过头虚伪地扯出个"笑容"，心里还来了句礼貌的"呵呵"。

晚上，赵知著照旧和程燃搭伙点外卖，两个人一起既能省配送费又能凑满减。

吃完饭两人再一起刷题，直到一点才各自回房睡觉。

可赵知著今天刷题刷得有点心不在焉，她总是想起王可娴放学时说的话，她是当真不想再和王可娴坐在一块儿了。高考越来越近，王可娴的问题也越来越多，那姑娘对待考试有一种谜之焦虑，甚至赵知著也在担心自己会不会被影响。

但奇怪的是，赵知著和王可娴日常排名的中间那几位，都不知道为啥对她敬而远之，这才让王可娴每次都能挨着她坐。

　　程燃显然不知道赵知著已经出神了，他刚花了一个小时写完一张数学卷，然后拿过本子准备开始三刷错题，打算把最后这几道也清掉。

　　赵知著看着程燃的笔头在白纸上"唰唰"移动，男孩写字的时候手腕从袖子里露出一截，泛着冷白，再一眨眼，行云流水的公式就铺了满页。

　　唯独那本贴贴补补，东缺一块西少一页的错题本看得她难受。

　　处女座不能忍的那种难受。

　　"我跟你商量个事吧。"赵知著一边开口，一边没忍住用自己手里的笔去戳程燃的错题本上那翻卷起来的胶带条。

　　"你说。"程燃下笔不停，也没抬头看她。

　　但他也许觉得那支在本子上戳来戳去的笔挡住了他的视线，一伸手，握住了那支没有出芯的笔，连笔带"爪子"。

　　赵知著的手顿时僵在了程燃的掌心内。

　　仿佛还听见了自己脑海里的虚空配音，男孩暗哑着嗓子无奈地开口——别动。

　　她的心停跳了一下，但面上还是端得四平八稳，说："当我同桌怎么样？"

　　程燃迅速抬起头来看了赵知著一眼，然后他用写字的那只手撑着脑袋笑，既不说话，也不把另一只手挪开。

　　第二天，熬夜改卷的韩娜把排名表一发就走，都高三了，不至于换个座位还得守着。

　　这次开学考是赵知著和程燃并列第一，但在这关口，已经没人有兴趣再盯着这两人互掐的事情编段子了。

他们自己一个个都忙得昏天黑地，闹哄哄地找人商量好自己的位置。等他们一窝蜂地拥进教室，赵知著和程燃他们这几个成绩稳定的已经摆好了自己的东西，偷溜到走廊外面去透气了。

赵知著拿着自己的杯子去接热水，宋奕边吃包子边背书，程燃和李向阳低着头一起看题。

教室里头乌烟瘴气的，桌子腿拖在地上发出刺耳的长音，无数人说话的声音混在一起，听着跟吵群架似的，书本卷子满天飞，你挡着我的路，我踩碎你一支笔。

混乱到难以想象。

直到早读铃打响，赵知著从韩娜办公室抱着新卷子回来，大家这才从你死我活的氛围中抬起头来。

他们静静地看了一会儿，刚低下头继而又猛然抬头——全班唯一一个空座位在程燃旁边，可只有赵知著站在讲台上，那也就是说……

程燃和赵知著成同桌了！

惊天大雷。

搬座位的时候一直没找到赵知著的王可娴写了张字条传给程燃："你们是不是坐错了？要不我和你换个座位吧？"

程燃下意识地抬眼看了下赵知著，正在发卷子的赵知著眼观六路，及时捕捉到了这张字条，递了一个只有程燃能看懂的眼神过去。

程燃被高度紧张的赵知著逗笑了，他在字条上写了几个字，又把字条传回给王可娴。

王可娴极度欣喜又期待地展开字条，差点没被气死。

只见上面总共就四个字："没错，不换。"

排座位的事激起的那一点水花暂且不提，游桃桃是紧赶慢赶地也没赶上龙溪一中的百日誓师，那会儿她正在杭城准备最后也是最重要的一场校考。

鲲鹏画室的老师们骂了他们八个月，终于开始大放厥词鼓舞士气了。

"一直以来杭城只有两个画室，一个叫鲲鹏画室，一个叫其他画室。

"大家要记住，要想保护好自己的试卷，别人问你是什么画室的时候，一定要说你是小鸟画室的。

"别慌，有什么好慌的，杭城美院四分之一的学生都来自鲲鹏，给你监考的都是师哥师姐！"

因而明明是清晨四点前往考场的大巴车里，气氛都燃到炸锅。

与此同时，二月二十七日，这个在普通学生过往的生涯里，似乎代表着才刚开学的日子，迎来了他们的百日誓师。

当"距离高考还有100天"的横幅拉起来的时候，大家第一次缔造了一个沉重无声的广场集合。

那天是个久违的大晴天，阳光透过树冠留在地砖上的投影清晰得像盛夏。

赵知著和程燃，龙溪一中向来第一第二的承包者，这次也被校领导不容置喙地钦点为了宣誓学生代表，两人一左一右地站在升旗台底下，手里捏着稿子躲太阳。

都说人的声音从话筒里传出去的时候会不一样，赵知著自己开口的时候，觉得这句话是有些道理的。

话筒好像把她的声音磨得更柔和了一些，不像在说铿锵有力的宣誓词，反倒是春日里的娓娓道来。

也有可能是这太阳晒得人变慵懒了。

那为什么程燃的声音不是这样的，话筒反而放大了他声音的振幅，像是磨砂质感的耳畔低语。

"所有胜利的第一条件，是要战胜自己。三年来的每一天，我们披星戴月，一天从五点开始三点结束。但在这最后的一百天里，我们的课文还需要你，我们的未完的习题还需要你，我们刚买好的笔芯还需要你，我们十八岁的约定还需要你，我们梦想的大学也需要你！"

等等。

赵知著微不可察地瞥了程燃一眼，他站得笔直，阳光打在稿纸上反射着亮白的光，将他衬得更加正义凛然。

其他人也许没听出来，但程燃刚才明明在里面自己加了一句"十八岁的约定"。

程燃正好告一段落，他像是未卜先知一般接下了赵知著那个略带疑问的目光，促狭一笑——就知道他是夹带私货！

"在这里，我郑重宣誓！"赵知著和程燃拿起稿子一起开口，少年和少女清越的声音穿透整个操场，带领着所有正青春激昂的学子喊出振聋发聩的呐喊，在斑驳如碎钻的阳光下熠熠生光。

"我将迎风破浪，不退缩，不迷茫。"

"我将披荆斩棘，挥长卷，高歌唱。"

"我将用每一天的汗水，来填满一百个青春的汪洋！"

"我是劈开学海的摩西，也是微茫不灭的星光。"

"我承诺今天的双手，将种下百日后的辉煌！"

"待到六月，硕果流芳！"

我宣誓，我们即将迎来那个，最好的夏天。

时间在枯萎的枝头一停留，就惹出新芽与花苞，但学子已经无暇为春光而停留。

三月初，学成的游桃桃终于归来了。

她往五人群里发了一张龙溪一中校门口的照片，并附赠四个大字："我回来啦！"

于是当天中午几个人就在食堂里凑了桌。

"你竟然打到了 4 窗口的小排骨！"秦天捧着一盘子豆芽菜，一边对游桃桃的餐盘表示不可置信，一边还以为人家看不到似的，想伸筷子去偷排骨，结果被游桃桃在空中一把拦下。

"没办法，谁让我们下课早。"游桃桃沾沾自喜。

对他们这些艺考生来说，手上有了合格证就算是完成了一半的高考，心情比起按部就班的普通学生来说要放松多了。

游桃桃笑眯眯地把秦天觊觎的那两块排骨分给了赵知著，对秦天低声吐槽的"小气"置若罔闻。

赵知著对各类肉菜一律不拒，她把那个从教室里带来的帆布袋递给游桃桃。几个月下来，这袋子已经鼓到不能再鼓。

赵知著说："这是你离开那几个月你们班发的所有作业，数学和英语部分做我帮你圈的重点就行了，至于其他的就靠你自己了。"

游桃桃一边接过袋子，一边瞥了一眼秦天，说："看到没，上供排骨我能得到学霸的光辉照耀，给你吃只能是暴殄天物。"

"喊，我还不稀罕了。"秦天怼道，然后冲着程燃龇牙一笑，"是吧，燃哥。"他一边笑一边起身，以迅雷之势顺走了程燃手边的那瓶养乐多。

程燃还没来得及阻止，那瓶养乐多就空了一半了。

程燃默默地看了眼微笑咀嚼的赵知著，又看看对面那位喝得正开心的秦天，无声地叹了口气——如果这铁憨憨知道这养乐多是赵知著买了让我带过来的，不知道会不会呛死？

不过事实证明，秦天并不是完全的无知无觉。

他吃着吃着搓搓胳膊，抬头望了望食堂外的天色，嘀咕道："我怎么感觉变冷了，是不是倒春寒又来了？"

此时一直没有开口的李向阳终于悠悠地来了句："可能是你吃坏了什么东西。"

"没有啊……"秦天无辜地回忆道。

"咳……"程燃佯装无事发生，悄悄地把发送完信息的手机揣回兜里。

紧接着赵知著的手机就响了，她解锁瞥了一眼——

程燃："养乐多家里的冰箱还有，可乐、AD钙都有。"

游桃桃简略地把那些试卷翻了一遍，一抬头就看到赵知著的表情，她懵懂地问："知著，你笑什么啊？"

"没什么。"

一顿饭当真是吃得暗流涌动。

"你说你干吗不再晚几天回来，这样就能躲过一模了。"秦天拍着游桃桃的肩叹气。

赵知著他们几个也是难得地吃完饭没有立马回教室看书，反而在校园里闲逛。

　　"我就是为了一模回来的。"游桃桃说，"只要一模能考到350分以上，就说明我考美院稳了。"

　　"怎么说？"秦天忙不迭问。

　　游桃桃细细道来："现在我手上已经有蜀美和粤美的合格证了，不管杭城美院或者首都的美院有没有考上，至少半只脚已经踏进大学了。"

　　"我去！厉害啊！"秦天给惊得路都走不直了，平地跟跄。

　　"不过350分就够了，我是真心柠檬了。"秦天一脸超羡慕的表情。

　　"那换一个说法吧，八个月没上课没摸书，回来考到350分以上，这样想还酸吗？"游桃桃哼着说。

　　毕竟龙溪一中也就这么点大，几个人转着转着，不知怎的就转到一鸣园门前去了。

　　这一鸣园本是取自"不鸣则已，一鸣惊人"的意思，奈何里头的植物过于繁茂，一年四季都有常青藤蔓，高树矮花。于是逐渐演变成男女生一起牵手说小话的绝佳场所，也成了各年级主任举着手电筒也要隔三岔五来巡视的地方。

　　因此，这"一鸣"又可称作是棒打鸳鸯时，鸳鸯们发出惨叫声的"一鸣"。

　　呜呼哀哉。

　　但三年下来，赵知著走过这一鸣园的次数屈指可数，还都是为了在学校里抄近道不得已而走的。

也不明白这些小情侣是怎么想的，在里面明明每分每秒都战战兢兢在防突击，还非得往里钻。

他们一行人走进去，还没三分钟，就已经惹得不下五对男女生如惊弓之鸟，频频回头，看到是学生才又安下心来你侬我侬。

秦天第一个"啧"了一声："这要是我，现在就坚决不到一鸣园来，一定等到毕业之后再过来，等主任发现我破口大骂的时候，我就牵着我妹子的手在他面前走来走去，气死他哈哈哈哈哈！"

"可是你哪儿来的妹子……"李向阳悠悠道，堵得秦天差点吐血。

秦天一噎，立马反击："反正大家都没有！"

秦天话音刚落，程燃和赵知著就下意识又别扭地对视了一眼。

李向阳自觉地看向游桃桃，但游桃桃正低头发呆，没人知道她忽然浮现在脑海的是那天在画室，扶了她一把的男孩。

这么一想，那人真是很像李向阳啊——她朝李向阳看去，可那时他已经收回了目光。

不好意思，傻天天，可能到最后真的只有你没有。

他们在一鸣园里穿来穿去，也不知道走到了哪块石头旁，竟然看到一个女生孤零零地坐在草地上。

赵知著对那个身影太熟悉了，眼角余光一瞥就猜到是谁了，于是她试探地喊了句："王可娴？"

真的是王可娴。

大家都很吃惊，但只有秦天的吃惊独树一帜，他脱口而出："什么，王可娴你也脱单了吗？"

"但她应该只会和'学习'脱单。"程燃指了指散落在王可娴身旁的卷子。

　　赵知著觉得这不合常理，以王可娴这个脾气来说，怎么会选择在一鸣园学习，看到这来来往往不务正业的男女生，她怕是会比主任还生气。

　　"你怎么了？"赵知著皱着眉走近一点，关心一下自己的前同桌。

　　王可娴似大梦惊醒，赶紧手忙脚乱地把地上腿上的习题以最快的速度收起来，但赵知著还是不小心看到了。

　　赵知著顿了几秒，最后只对她说："别忘了上课时间。"然后带着其他几个人赶紧走远。

　　"王可娴刚刚在做文综试卷。"直到快出了一鸣园，赵知著才没头没尾地来了这么一句。

　　"文综？可是我们的学业水平考试不是早就结束了，她做这个干吗？"秦天摸不着头脑。

　　"走了，差不多回教室了。"程燃打断秦天的疑问。

　　几个人在文理班楼层和游桃桃分道扬镳。

　　时间推移，阳光也一天天地越来越好。

　　一模成绩出来后的第二天，王可娴把自己的桌子搬进了高二的文科班。

　　众人哗然。

　　韩娜三言两语地给班上的人解释了一下："王可娴有自己的高考理想，但是理科对她来说也许太吃力。能做出这样的决定，也是很勇敢的。

　　"毕竟人家是一直勤勤恳恳，你们呢！看看你们的一模分数，离高考只有八十几天了祖宗们……"

作为一年多的同桌，赵知著也没问王可娴什么，因为就算问了她也一定不会说。赵知著只送了王可娴一本英语资料书，王可娴才勉强对她说了声"谢谢"。

但王可娴这一走大家又开始不自觉地回忆起她来。

她在班上好像并没有什么要好的朋友，甚至有很多人都在暗地里看不惯她。只是后来不知道听谁说，她对学习这个令人生怖的态度其实是有原因的。

王可娴的父亲原本是龙溪一所初中的物理老师，呕心沥血，鞠躬尽瘁，最多也就是脾气暴了点。

那天晚上他一个人留在办公室通宵出卷子，几个白天被他凶过的男生专门蹲守在门口，就想等他出来的时候恶作剧吓他一下。

但没想到这一吓，这个平常明明可以暴跳如雷的中年男老师就这么倒地不醒了。

后来医院鉴定是长期高压工作下，惊吓之际导致的猝死。

那几个小孩也才十几岁大，只属过失，王可娴母女二人竟然没有人可以怪罪。

自此以后，才读五年级的王可娴就变了，她开始讨厌一切不听老师话的"坏学生"，一板一眼，不敢行差踏错一步。

她怕让天国的爸爸失望。

但在距离高考越来越近的日子里，大家听完这件事也只能嗟叹，然后喝口水继续低头复习。

五月底已经隐隐有了些骄阳似火的味道，但没一个高三生再敢像往常一样不要命地吹空调喝冷饮，就怕在考前万一大病一场把好不容易背下的知识都忘光。

下午第三节自习课，大家都在埋头苦读，韩娜踩着清脆的细跟鞋跟声走进教室，手一挥宣布道："全体下楼，照毕业照！"

"啊……"

"娜姐你也不早说，我头都没洗。"

"其他班也下去了吗？"

众人聒噪起来，推推搡搡往楼下走去，少年少女们开口说话的声音补齐了城市里未有的蝉鸣。

让人恍然，时间除了按照"距离高考还有 16 天"这样的算法之外，还有不知不觉已经立夏了这一说。

那个让人期盼又紧张了十几年的夏天，就这么悄悄地来了。

三年以来的任课老师都在旁边站着聊天，也是他们第一次见到主任这么和蔼的样子，大马金刀地和校长坐在前排椅子上谈笑。

高三一班的几十号人冲下来，发现并没有其他班的人在，大概他们是第一组吧。摄影师还在调整相机，他们就直接把这难得的间隙当体育课一样闹开了。

"来吧，不要因为我是一朵娇花而怜惜我！"某个向来骚气的男生扯着已经盛开的石榴花，闭着眼睛模仿《唐伯虎点秋香》里的石榴姐。

他正对面的龙小侃恶心地抬手就打他。

石榴树也因为两人的打闹而颤动不已。

韩娜头疼地呼喊："别摘花！都多大的人了！"

"好了好了，同学们都站好——"摄影团队终于捣鼓好了他们的机子，扯着嗓子把人都叫唤回来。

"女生站前面，男生站后面啊。"

"不够高的自己踮脚，踩在花坛上也行哈。"

不过很显然没有男生愿意踩花坛，只能拼命装作无事发生地踮脚。

"那个短头发的女生，对就是你，再往左一点。"

"要照了哈，看这里——笑！"

"咔嚓！"

最终这一切还是被定格，艳丽如火的石榴花，蓝白校服的你和我，手腕上毫无美感的电子表，还有磕磕巴巴的发型。

这是我们最近的距离，也终将成为我们最远的距离。

日历终于翻页来到六月，最后这一周时间，老师也不再耳提面命了，只是叫大家心态平稳再平稳。

连一向暴躁傲娇的数学老师也不骂人了，他只和东西较劲——"这完蛋的连黑板擦都要毕业了！"

那只剩两根布条的黑板擦被他一不留神甩了出去。

大家哄笑一堂，笑出鹅叫。

但神奇的是，不知怎的，大家第一次不需要老师骂就自己停下了笑声。

这样的日子还有几天呢，是啊，连黑板擦都要毕业了。

毕业。

本就佛系的苍钟晚也不带题目上课了，他在一个朝气蓬勃的早上只夹了薄薄的一本书，带着一透明保温杯的茶水，踩着他三年没变过的老北京布鞋上了讲台。

深舒了一口气，他说："同学们，接下来一周，是我们最后一周课。

　　"我给大家念个故事吧，路遥的《人生》。

　　"人生的道路虽然漫长，但紧要处常常只有几步，特别是当人年轻的时候。"

　　于是他们就这样在一个城市与农村、理想与现实交织的故事里，陪着彷徨的高加林、纯洁的巧珍、沧桑的德顺爷爷，想象着乡野里静谧的月光和街道中闪烁的霓虹。

　　就这样，走向了他们的人生。

第十六章

明日

"闹钟？"

"定了。"

"准考证、身份证、笔袋？"

"嗯。"

"水杯、纸巾？"

"放包里了。"

"那……晚安。"

"晚安。"

六月六日晚，不知道有多少个家庭陷入不眠之夜。

赵知著和程燃也没有碰面，各自坐在卧室里给对方打电话。程燃把能问的都问了一遍，像个家长似的。

韩娜在班级群几乎每十分钟就要发一遍"高考前准备手册"，但又怕给学生徒增压力，只能顺势穿插几张表情包缓解一下气氛。

没办法，龙溪拢共有六所高中，学生统统打乱了。虽然说每个考点都安排了本校的老师接待，但到底自己的学生交给别人还是不放心。

拿到准考证之后赵知著、程燃他们就组队去看了自己的考场，赵知著和程燃被分到了三中，秦天在本校考，李向阳去了附中，游桃桃和全体艺术生一起分到了一所初中。

六月七日早上，赵知著被生物钟叫醒，分毫不差的五点二十九分。她从床上坐起来，把还有一分钟才响的手机闹钟关掉。

接着是按部就班的穿衣洗漱，再花五分钟煮好两个白水蛋。

再然后门一开，就看到了同样分秒不差的程燃探出头来。赵知著背着包拿上钥匙，连碗带蛋地端进程燃家，准备一起吃早点。

他们前一晚就商量好了，赵知著负责煮鸡蛋，程燃负责煮饺子热牛奶。

此时已经六点了，太阳完整地露出了地平线，天光大好。

中途的时候韩娜打了个电话进来，可能是因为她知道这两个孩子都没家长在身边，又是一中今年的顶梁柱，不得不再三叮嘱。

说完吃饭问题，说有没有带齐东西，又听说两人是坐程燃的车去考场，急得不行，最终还是妥协，只威胁程燃道："一定给我慢点骑，骑稳点听到没！骑车不容易塞车，只要你慢慢骑一定赶得上，千万别出什么幺蛾子，我家课代表还在你车上懂了吗？"

程燃没忍住笑出声来，被赵知著斜了一眼立马噤声。

和他们打完电话后，韩娜又对着班级通讯录一个个打过去，叮嘱那些小崽子。

最终程燃果然很听话，让赵知著坐上了有史以来最慢的车。

不过当她转头四顾一排排的车海，在各种横幅和三步一交警的挥手下龟速前行时，赵知著就觉得，这速度很正常了。

大街上明明井然有序，但就是觉得挤得慌。往常二十分钟就能到的路程，今天骑了四十多分钟才到。

到达三中校门口的时候，太阳已经照得人要微微眯眼了。赵知著从程燃的车后座翻身下来，把必背古诗文的小册子随手塞回包里。

　　正停着车呢，一中的老师们就凑了过来，确认他们身上是一中的校服无误后发问："是一中几班的啊？"

　　"一班的。"程燃回答。

　　说话间一个男老师就蹿上来接过程燃的车钥匙，自主地帮他停车去了。

　　"午饭你们怎么解决？"那老师手里捧着一本花名册问道。

　　"还不知道。"程燃挠挠脑袋。

　　"那登记一下吧，学校会从食堂送盒饭过来。"

　　"好。"

　　接着两人又在校门口等了会儿，那几个老师一把拽着他们强行站在树荫下，生怕晒着这些学生。

　　直到八点，校门一开，一大批学生就拥了进去。念经般喃喃自语的背书声，声势宏大的组团打气声和家长们谆谆切切的嘱咐声混杂一团——大概是学校门前最热闹的日子了。

　　只有赵知著和程燃两人孑然一身，慵懒地穿过人群走到自己考场门前去，连话都懒得多说一句，笑着摆摆手就算打过招呼了。

　　说得好听点叫举重若轻，说得客观点就叫——装坏。

　　第一天第一场是语文，考生的表情都很平和，但一到下午的数学，就开始愁云惨淡了。不仅学生脸色惨淡，连窗外也开始惨淡起来。

　　变天了。

　　赵知著抬头往窗外看了看，大概真的是每逢高考必下雨吧。

还好这是场夏日急雨，来得快去得也快。除了导致天色比往常更暗了，只有地面上湿漉漉的痕迹，和树叶上时不时滴下的水珠，能昭示刚刚下过一场雨的事实。

游桃桃一回到自家车上就掏出手机开始发消息。

比奇堡唠嗑大赛——

游桃桃："数学最后一道填空题的答案是什么？@赵知著 @程燃 @李向阳。"

李向阳："我写的是……"

赵知著："记不太清了，我应该也是吧。"

程燃："我和李向阳的一样。"

秦天："啊啊啊啊，油桃你为什么不艾特我！这是赤裸裸的歧视吗？"

秦天："稳了稳了，我也是这个答案。@游桃桃 你是不是写错了哈哈哈哈！"

游桃桃："放屁！我也写对了好吗！"

两个人又在群里掐了起来，看来是都考得不错，赵知著低头看着手机轻笑。

"上来吧。"程燃从老师那儿把车钥匙领了回来，发动车子，转头对赵知著说道。

下过雨的龙溪夏夜感觉清新了许多，清风拂面，带着茂盛树叶间的湿润气息。他们缓缓骑过一个又一个路灯，霓虹破碎在积水上，赵知著扯着程燃的外套，低着头看。

她突然想起了以前在王小波书里看到过的一句话——

"我们好像在池塘的水底，从一个月亮走向另一个月亮。"

赵知著心情很好地笑了起来。

第二天，考理综和英语。

已经有过第一天考试经验的考生们看起来都没那么慌张了，有些住得近的甚至都免去了父母接送。

门口的人一下少了大半。

不过没想到昨日一场雨，反倒让今天更热了，艳阳高照，仿佛要把昨天的温度一并拉回来。

最后一场是英语，赵知著发挥得很稳妥。这科目既不用大量计算，也不用疯狂写字，赵知著磨着性子来回检查了三遍，终于踩着提前交卷的点出了教室门。

门外阳光炽盛，赵知著身后传来一考场的惊异声。她站在门口喝了口水，背起自己的包往校门口走去。

这个点，程燃应该也写完了吧。赵知著看看表，就是不知道他会不会提前交卷。

"姑娘，你怎么就出来了，是卷子太难了吗？"守在校门口的阿姨一个箭步就冲了过去，手上印着复读辅导广告的塑料小扇子摇得飞快。

赵知著只得礼貌地回应道："我觉得还好吧。"

只是赵知著回答了什么不重要，那阿姨还是一个劲地拽着她说："这次没考好也没关系的，要不要看看我们辅导机构……"

忽然背后传来一道少年懒洋洋的声音，拥有和三年前在车站门口一样欠揍的音调："阿姨，问错人了，人家可是今年市状元预定选手。"

阿姨的话头被硬生生截住，两人都转过身去。

只见男孩穿着白色的衬衫，将书包松垮地单肩挂在身上，双手插兜，笑得飞扬又无害："是不是啊，赵知著同学？"

赵知著眯起眼睛也笑了："彼此彼此，程燃同学。"

阿姨终于反应过来这两人的生意做不了，悄然退了场，赶紧去截住某些一脸苦大仇深走出校门的孩子。

下午五点的阳光洒落下来，透过树隙，透过浮尘，透过时光。

曾经那些日复一日的琅琅书声，黑板下飞扬的白色粉尘，和我们敲打饭盘从树下嬉笑而过的身影，就在此时被刻进一盏名为"青春"的走马灯中。

程燃从那盏灯中走来，背靠着夏日盛大的阳光，对赵知著张开手臂。

他歪头笑着说："抱一下？"

两人当真在树下众目昭彰地抱了一下，当然也被越来越多走出校门的考生，和守在门口的家长看在眼里。

众人频频回头。

学生都在心里竖拇指喊"牛"。

家长们就在旁边对自家小孩进行现场教育："虽然说考试结束了，但是在校门口就抱在一起还是有点嚣张了。你一定不能学他们听到没，一看就是学习不好的孩子。"

角落里站着的一中老师，一边尴尬地摇着小扇子笑："哈哈哈……"心里一边想着，不好意思，人家还真有可能就是状元。

"我以为你会拒绝。"程燃的手轻轻地搭在赵知著腰上，挑着眉在她耳边说。

　　"我只是提前安慰你全市第二。"赵知著不甘示弱。

　　程燃被赵知著逗得轻笑出声，气息扑在赵知著的耳尖，喉间像是翻滚着一颗糖。

　　赵知著瞬间觉得自己半张脸都火辣辣的，还在心里冠冕堂皇地错怪太阳。

　　她退后一步，表情矜骄地离开了程燃的怀抱。

　　班群里此时已经闹得天翻地覆，和他们一个考点的龙小侃适时地冲了出来，一眼就看到树下鹤立鸡群的这两位。

　　他喘着气说："走走走，一起去聚会了！"

　　共乘一辆车，但又不想暴露的程燃和赵知著："……"

　　最终程燃一个人骑着车去了订好的餐厅，赵知著和三中考点的其他人一起打车过去。

　　等人尽数到齐的时候，天已经全黑了。

　　他们选了一家叫"青春时代"的烤串店，装修主打怀旧校园风，大面的墙绘画的都是些纸飞机、课桌书包什么的——估计是综合了男女生意见，在差点打起来的临界点选出来的店。

　　不知道是谁有先见之明，下手得早，包了店里最大的一个包厢。但几十个人往里一坐，也拥挤非常。

　　老师没有来全，要么是年龄大了不想走动的，要么是身兼数班的，去了哪个都不好干脆都不去了。

但韩娜必须是妥妥的 C 位。

一班女生少，都和赵知著一块儿挨着韩娜坐，剩下的那一大半靠门口的位置就被男生挤占了。

他们点起单来也很疯狂，串儿都是一百一百地往上加，还有大桶可乐、大桶雪碧。

服务员乐得看他们疯，在一旁添油加醋："我们这边消费满 300元可以十元换购一箱冰啤哦。"

起头的男生第一反应是看向韩娜，直到韩娜无奈地边笑边挥手，他们才放纵地"耶"了起来，忙不迭地对服务员说："加加加！"

差点盖过了韩娜的附加条件："没成年的不许喝啊，你们的年龄我都记着呢！"

最后上菜的时候实在是过于夸张，服务员双手托着满满当当的托盘鱼贯而入，孜然和辣椒粉的辛香混着油滋滋的肉类炙烤的热度瞬间席卷整个包间。

十七八岁的小崽子们一哄而上，上串速度差点赶不上他们吃串的速度，连平常不怎么吃这些东西的韩娜都被这气氛给影响了，笑呵呵地看他们闹，再时不时和其他几个老师碰碰杯。

"来玩游戏怎么样？"有人提议。

"玩什么？"

"叫七？"叫七又叫逢七必过，是个数字游戏。

有懂行的人立马大叫："不玩不玩，刚考完试能不能玩点不动脑的啊！"

"那要不手机上玩谁是卧底或者狼人杀吧。"

"创建不了这么多人的局啊——"

最后反而是韩娜发言了："你们去问老板拿副扑克，大家轮着抽牌，剩下的人猜抽牌人手里的花色点数，一副牌有 54 张，足够玩了。猜的人一个个说，答案不能重复，要是有人猜对那么抽牌的人就接受惩罚。"

"这个好！娜姐牛！"龙小侃一锤定音，被韩娜削了一眼。

紧接着就有人跑出去飞速地问店家要了一副扑克牌来。

龙小侃继续制定规则："能喝酒的就喝酒，不能喝的喝饮料，反正输的人要一杯干啊！"

大家都拍桌叫好。

但其实这个游戏真的很容易输，于是一圈下来，除了个别人，大家几乎都喝了饮料或啤酒。赵知著也不例外，她开头喝可乐喝多了到最后觉得甜得慌，后来就开始给自己倒啤酒。

当她喝到第三杯的时候，程燃终于忍不住了，他怕晚上回家的时候她会从他车上掉下去。

他偷着给韩娜发了条信息："娜姐，麻烦把赵知著的酒给换了，她应该已经醉了。"

收到信息的韩娜抬头看了看程燃，又转头看了看赵知著，好像明白了什么。

然后立马被其他学生点名："娜姐你干吗笑得这么……那个啥！"

韩娜立马拿出在讲台上发飙的架势，对面立马熄火。

她看了看时间，站起身来说："行了，十点了，你们该回家了。也别背着我偷偷续摊听到没，保不齐我就突然打电话家访哈。"

韩娜的目光从席间逡巡而过。

大家于是有气无力地应"好"。

"暑假有的是时间，要聚也不在这一会儿！"韩娜被他们这霜打茄子的样子成功逗笑。

但是不知道从哪儿传来一句小声嘀咕："但是再也不会这么齐了。"

整个包厢忽然就沉默了下来。

一股后知后觉的伤感包裹住了所有人。

连韩娜都有些鼻酸，她想了想，自己高中毕业至今已经十年。的确是，从那一晚后，大家再也没有聚齐过了。

她举起杯子，说："好了，老师最后敬你们一下，希望下半年，你们一个我都不要看到，都赶紧给我滚去上大学！"

接着众人起身，稀稀拉拉、三五成群地陆续离席了。瞬间，几十个人济济一堂的包厢除了残羹冷炙，什么也没留下。

他们走出餐馆，路上已经行人稀少，夜晚的空气里带着风吹开刚刚的低沉气氛。

有几个已经喝疯了的男生突然开始狼嚎，吓得路灯下的飞蛾都差点掉下来。

他们有等家长来接的，有组团打车的，也有一起走去坐公交车的。

只有程燃独树一帜地靠着自己的车，惹来男生一边骂一边又羡慕地打招呼，还有个别女生闪着少女心又不敢干吗的目光。

"赵知著。"他忽然喊道。

喝得有点蒙但还不至于弯道走路的赵知著循声抬头看去——哦，程燃啊。

他长腿一跨，翻身上车，然后对她抬了抬下巴，笑了下："上来，回家了。"

"！！！"

"我去，程燃你们什么关系！"

"燃哥你说什么？"

"赵知著……和程燃……住一起了？"

在众人惊吓到静止的时候，程燃的车子一启动，已经亮着灯载着姑娘远去了。

他们把掉了的下巴安回去，转头看了看还没走的韩娜，哆哆嗦嗦地撒娇道："韩老师，你看他们……"

韩娜再次意味深长地笑了一下，说："我知道啊，他们是邻居，你们都不知道吗？"

被伤透了心的广大群众：我们班到底还有多少惊喜是朕不知道的……

第二天，赵知著从床上惊醒，看了看外面高照的烈日，和静得吓人的小区，半晌才回过神来——毕业了，放暑假了。

不用看书了。

也没有作业了。

赵知著"咚"地又倒了回去。她现在什么都不想干，就想开着空调赖在床上，发呆都行。

高考以前总想着考完了要睡三天三夜，打游戏、看电影、补动漫，或者出去干暑期兼职……但实际上，真的到了这一天，什么都不想做。

大部分人就在眼睛一闭一睁间，度过了游手好闲的半个月。

直到六月二十三日，出成绩的那一天到来。

窗外的阳光透过藕色的窗帘照进来，还是一样亮得扎眼。

已经寂静了快一个月的高三年级会议室，此时挤满了老师，他们手握全体学生的成绩单，为刷新了龙溪一中十几年来最佳成绩的两个孩子而热泪盈眶。

　　天哪，每天起早贪黑地教书终于迎来了回报。当老师不累，真的不累，你看我的头发，我也就才三十二岁而已。话说，校长该发奖金了吧！

　　"考生号201×××××× 程燃 总分717，全省排名第3。语文128分、数学150分、英语141分、物理100分、化学100分、生物98分。"

　　"考生号201×××××× 赵知著 总分716分，全省排名第4。语文132分、数学142分、英语148分、物理96分、化学98分、生物100分。"

　　"我还以为赵知著会是状元，唉……"韩娜悠然地喝了口水，差点把别班班主任气吐血。

　　三班的蒋老师直接怼："行了吧你，状元不还是你班上的。"

　　四班的高老师赶紧打哈哈："三年来年级第一不都是这两孩子轮着来的嘛，正常，正常。"

　　二班的齐老师问："隔壁附中今年怎么样？"

　　"那肯定比不上这两个啊！"八班的王老师接话，"他们学校第一才708分。"

　　四班的高老师坐在桌子前，扶着老花镜盯着榜单看："这才是往年龙溪高考的正常分数啊，你看除了他们两个，我们学校第三名，和附中第一名并列708分，707分的有两个，还有704分、701分。剩下的就都是六百多分的。"

"那个 708 分的是蒋老师班上的吧？"

"嗯。"蒋老师终于满意地点了点头。

反正不管其他班的老师怎么明争暗斗，韩娜是笑得脸上的褶子都出来了，嘴里哼着好日子，手下忙着发朋友圈。

比奇堡唠嗑大赛——

秦天："【图片】啊啊啊啊啊啊！！！@程燃 @赵知著 你俩还是人吗！！！"

大家点开一看，是韩娜两分钟前发的朋友圈，显示的是某两位同学令人骇然的分数。

游桃桃第一个回复，刷屏了一整排柠檬。

李向阳自己也考得不错，心情平和地回复了"恭喜"。

秦天："哥几个考得应该都还不错吧？【龇牙笑】"

游桃桃："我杭美稳了！"

李向阳："还不错。"

这三个在群里聊开了，但被艾特的那两位反倒不见踪影。

没有为什么，毕竟程燃在哄人。

程燃："晚上请你吃小龙虾……"

见赵知著没回他微信，程燃"啧"了声，开启了卖萌表情包攻势。

赵知著把头埋在枕头里，手机在旁边振个不停，最终她受不了了，把手机摸来一看，程燃竟然给她发了二十几条未读消息……

她支起手肘来，半个身子压着枕头，视线就这么正好落在了那一大一小的两个姆明玩偶上。

赵知著愣了两秒，忽然想起小时候妈妈刮着她鼻子的戏言。

"你这性格简直继承了你外公的十成十，他是大老爷，你就是我们家的大小姐！"

后来大小姐家破人亡，寄人篱下，满身矜娇只剩了爸爸给的钱。

再再后来，连钱也没有了。

但这一刻，在只有几十平方米的小房子里，满目陈年的旧家具，嗡嗡作响的泛黄空调送出冷风吹动上世纪才流行的花布窗帘。

赵知著抬着下巴，也不知道自己怎么想的，忽然从和游桃桃的聊天记录里，偷出人家一张文字版"叫我大小姐"的表情包，然后给程燃发了过去。

两秒之后——

程燃："好好好，我订完餐了，晚上七点送到。"

紧接着还有一条语音，赵知著点开，程燃的声音像是那天在树下拥抱时，响在耳边的气音一样，倦懒又含笑。

他说："赏个脸呗，大、小、姐。"

赵知著又把头重新塞回枕头里了。

一切反动派都是纸老虎，一切大小姐都是傲娇怪。

可最终他们的小龙虾还是没有吃成，下午两点的时候秦天突然在群里号起来了——

"我终于知道我姐是怎么倒戈的了，我姐夫实在是太会了！【图片】【图片】"

只见图片里是摊了一地的户外用品：登山鞋、登山杖、帐篷、速干衣……

　　"他送我的毕业礼物，正好他一个哥们开了个户外用品店。"

　　"怎么样，我们要不要约一波？"

　　李向阳第一个回应："约去哪儿？"

　　秦天："那肯定是咱们这最有名的千八线啊！"

　　程燃："千八线难度太大，新手走不下来。"

　　说着他还发了个新闻链接——杭城两个大学生徒步探险"千八线"迷路，20余人连夜搜救。

　　秦天："……"

　　程燃："不过只爬一下阳凤山是可以的。"

　　秦天："哥你说话能别大喘气不？"

　　秦天："那还等什么，我们今天就出发吧！"

　　游桃桃："那我们其他人的装备怎么办？"

　　秦天："燃哥自己有装备，我是一整套带替换装的，李向阳可以跟我一起，你和赵知著可以临时租一套，我让我姐夫一起送过来。"

　　游桃桃："@赵知著 去吧去吧，我想看云海。"

　　赵知著在犹豫之际，收到了程燃发来的私聊信息："大小姐是去爬山，还是去吃小龙虾？"

　　群里游桃桃和秦天还在激昂亢奋地畅想一场说走就走的旅行，并且已经开口"威胁"一直没出声的赵知著了。

　　赵知著笑了起来，给程燃回道："先爬山，再吃小龙虾。"

　　大概所有少年天生都是兰波笔下的诗人，血液里流淌着对"生活在别处"的向往，想去看一看那片野性又皎洁的茫茫大陆。

三点整的时候，他们终于整装待发来到了市区前往阳凤山的大巴站点。

秦天坐在三个登山包的包围圈里，被照进站台门沿的毒辣阳光晒得满面通红。

游桃桃高考顺利，没费多少口舌就让她爸妈同意了这次出游，她爸于是亲自开着车送宝贝女儿过来。

秦天满眼羡慕地看着身飘冷气，叼着雪糕过来的游桃桃。

没过两分钟，坐着公交车的程燃、赵知著、李向阳三人也陆续赶到。

阳凤山虽然是龙溪市的著名景区，但因为地处偏远地区，即使是假期，过去游玩的人也不多。

大巴车开进山间沥青路之后，阳光就仿佛没那么炽烈了，从大团大团的树荫下倏尔晃过。座位旁蓝色的小窗帘也随着大巴车的行驶而飘移不止，绕山而建的 S 形公路几百米就一个大拐弯，让人有点头晕目眩。

一向坐车习惯看书的赵知著也撑不住了，开始闭目养神。

他们的目标很明确，在天黑之前爬上阳凤山的主峰。

阳凤山的主峰叫茅云尖，是整个江南地区最高的山，足有一千九百多米的海拔高度。还在山脚下的时候就已经有人迹罕至的感觉了，满目苍翠。石阶两旁是数不尽的蕨类植物，见缝插针地生长着。

一路向上，清凉的感觉愈加明显。山体上渗出滑溜溜的水，台阶上到处都是手指粗细的马陆。

游桃桃从最初的惊恐到后来也已经无感了。

秦天取笑她："油桃，这你都怕，待会儿山上还有虎啊豹啊的你怎么办？"

游桃桃明显不信："怎么可能，又不是原始森林。"

"是真的。"赵知著喝了口水，"阳凤山里有很多珍稀动植物，秦天说的应该是华南虎和金钱豹。"

"啊啊啊啊啊，不是吧！我后悔了，我要下山，我不要过夜，妈妈救命啊！"游桃桃立马哭丧着一张脸，差点在台阶上踉跄起来。

全程跟在她身后的李向阳眼疾手快地撑了她一把，安慰道："那些动物都在山的深处，我们沿着人工台阶走，它们不会出现的。"

"真的吗？"游桃桃抱住赵知著泪眼汪汪地问。

"问他。"赵知著一边朝程燃抬了抬下巴，一边笑着上手揉了揉游桃桃的发顶。

"别听他们俩瞎扯，不会出现的。"程燃一边笑着说，一边不动声色地把赵知著包侧装满的几个水瓶都拿了过来，帮她减负。

游桃桃的包一早就被秦天和李向阳两个分着装了不少，就剩了点衣服和吃的。但赵知著性格要强，也一直没开口。

"包背不动了就给我。"程燃趁其他人专心致志爬山的时候，走到赵知著身边小声说。

"这么好？"赵知著斜了他一眼。

恰巧路上有两级石阶已经有些破碎了，只能一步跨。程燃便把手递出去，赵知著从善如流地搭着他，借力跳了过去。

"谁让你是大小姐呢。"因为惯性而往前倒的那一瞬间，程燃也凑近了赵知著，话里含笑。

赵知著忽然就觉得鼻尖萦绕着一股清冽的气息，不知道是深林之中特有的植物混着冷泉的味道，还是少年的衣领和发梢残留的清香。

她怔了半晌，才重新抬脚上路。

终于，天快黑的时候，他们也快爬上了山顶。

高大的树木已经离开了它们适存的纬度带，此时的山顶只剩低矮的灌木和茫茫的茅草。再向四周望去，不知何时他们已经把云层踩在脚下。

这大概也是茅云尖名字的由来吧。

"是不是……要到了啊……"秦天气喘吁吁地问。

"嗯。"走在前头的程燃回过头来答道，"加快点速度，完全天黑之前一定要登顶。"

茅云尖由于观云海的位置特别好，旅游局因此也在峰顶建了一大片的水泥平地，上竖地标，远处还建了一个露天亭子状的观景台。

但底下一路上来的石阶就没有那么费心思了，所以如果还没登顶的话，搞不好就行差踏错摔下去或者碰到些昼伏夜出的野外小动物。

登顶的那一瞬间所有人都觉得胸中的一团气烟消云散了。峰顶平地上视野开阔，云雾缭绕，抬头可见星野，低头又见云层里于千里之外透出的城市霓虹。

游桃桃压在自己的登山杖上喘着粗气："妈呀累死我了，爬完这个山我要回去称体重，肯定瘦了！"

"女生帮忙打手电，男生过来和我搭帐篷。"程燃吩咐道。

好在他们东西带得齐，又有程燃这个老手在，搭帐篷生火一气呵成。

初恋驾到
么么哒

五个钓鱼小马扎围着吊炉一坐，火舌微卷，明晃晃地映在所有人脸上。

在这样的环境里都没人乐意玩手机了，赵知著只望着远处发呆，夜晚的云像一片黑色的海。

游桃桃则在一旁裹着抓绒外套烤着火，但还是觉得瑟瑟发抖。

李向阳和程燃忙着看顾火种，只有秦天直勾勾地盯着锅里"咕嘟咕嘟"正在煮的泡面疯狂地咽口水。

在爬上山之前，秦天他们设想了许多画面，可能是看着星空玩游戏聊天，可能是围着火炉讲鬼故事，可能是通宵达旦等日出……

但真的爬完山又搭帐篷生火的，这么一顿操作下来是真累得不行。

除了程燃没什么感觉之外，其余人都憔悴得像被磨盘碾过一遍，刚过九点，就困得连眼睛都睁不开了。

于是大家草草道晚安，定好闹钟回帐篷睡觉去。

一大一小两顶帐篷，三个男生住一起，两个女生住另一边。

所幸峰顶气温低又是水泥平地，也不用担心有什么蛇虫鼠蚁的夜半来袭。

他们就这么度过了也许是高考结束后睡得最好的一夜。

第二天早上四点，天光微白，程燃和赵知著默契地叫醒自己帐篷里的人。

当然其实李向阳是不需要叫的，主要是秦天和游桃桃这两只猪。

出帐篷的瞬间第一感觉是冷，清晨的冷和夜晚的冷是不同的。在日出来临之前，所有叶片上凝结的露水，云雾中蕴含的寒意都暗藏肃杀。

但这份冷峭的黎明之后，又将迎来最温暖最灿烂的光。

矛盾又盛大，大概和风雨后的彩虹是一个意思吧。

几人灌完漱口水后用湿巾随意擦了擦脸，接着啃着面包前往观景台。

此时太阳已经露出一小点了，这是云海最美的时刻——金光洒满整片天际，近得他们仿佛伸手就能触碰到。

"话说你们之后都打算报哪所学校啊？"唯一一个没啥好纠结的游桃桃突然发问。

大家一愣，赵知著第一个回答道："不知道，清北二选一吧。"

"我应该也是。"程燃附议。

"谢谢你们，我小时候最纠结的一件事你们替我完成了！"秦天激动地握住程燃的手上下晃，反正他也不敢碰赵知著的手。

气温随着太阳的出现而逐渐升高，大家纷纷把外套拉链敞开。

原来日出最中心的地方真的是白色的，游桃桃一瞬间就明白了印象派画家们笔下的那些色彩。

光芒像一条笔直的轨道悬挂在云端，赵知著眯着眼睛想，大概古人所说的"白虹贯日"也不过如此了吧。

"我应该不会去北方，我得离家近一点，我妈身体不好。"大家都以为没下文的李向阳忽然说话了。

秦天拍拍李向阳的背，说："没事，你这成绩除了这两个变态的学校去不了，其他的不都是绰绰有余嘛！"

"那你呢？"赵知著突然转头问秦天。

秦天愣了一下，嘴里嚼了一半的面包如鲠在喉。他把视线投向远处的太阳，那么热烈，那么光芒万丈，但他却好像一直发不了光。

秦天讪笑两下，装作不在意道："我，我随便啊。我这个分，刚过一本没多少。估计最后会挑一个好一点的二本吧。"

"别放弃。"

女孩的声音像日出前最后消散的那缕雾一样，一不留神就捕捉不了。

但秦天却听得真真切切，他猛然抬头看向赵知著。

其实五个人里面他和赵知著的关系最不像朋友了，她有点像秦梦，他多数时候是怕赵知著的，不敢与她过多接触。

但秦天没想到她看穿了心里的那个自己，连秦梦都没想那么多，只以为他是真的没心没肺的一傻孩子。

男孩有些热泪盈眶，顶着完全升起肆无忌惮地照耀整个世界的太阳，明明光线亮得人什么也看不清，但他还是自顾自地点了点头。

"嗯，不放弃。"

程燃的指间忽然滑过一缕身边女孩飘来的发丝，凉凉的细细的，不经意间还以为是什么风裹着水汽的感觉。

他愣了很久，忽然像是想明白了什么似的，低头无声地笑了一下。

接着，他伸手轻轻地牵住了赵知著的手。

赵知著整个人顿了一下，但她没有说话也没有回头。

只是下一秒，她的手指轻轻地动了动，于是两人在无人的角落里，却又是最热烈的光芒下，十指交握。

而同样的阳光下，李向阳突然对游桃桃说："S市到杭城只要一小时。"

"什么？"游桃桃一愣。

"如果我大学去了 S 市，我可以去杭城找你吗？"

"当然可以呀。"女孩笑了。

原来日出和黄昏时洒在她头发上的光芒是一样的动人心弦，女孩笑得眉眼弯弯，周身依然散发着她甜甜的水蜜桃气息。

李向阳却忽然想起他放在游桃桃手心的那条蓝莓味口香糖。

其实她从一开始就没有拒绝过那颗酸涩的蓝莓，不是吗？

李向阳第一次毫不闪躲地对着游桃桃弯起了嘴角。

少年和少女站在此刻他们觉得最高的地方，迎来了十八岁时的生命里最盛大的一场日出。

即使课桌上的岁月会流逝，即使也许每个人都只是自己生命里的过客，即使一个月后的我们即将天各一方。

也不放弃我们将要走向的未来。

最好，是和你一起前往的未来。

（完）

后记 /// 希望 _____

突然发现我是一个很不喜欢写番外的人，哈哈哈哈。

这个故事，从大纲开始就一直嚷嚷着要写番外的，可是当真的写完最后一句话的时候，就觉得这些人的故事该散场了。

从某个角度来说，作者真像个冷血的农场主。

但这个结局我已经写得很善良了。

一直以来，我都很想写一个和青春相关的故事。大概是自己已经远离青春的缘故，明明是为了感慨《唐多令》里的那句"欲买桂花同载酒，终不似，少年游"而写下的故事。

但在故事的结尾，我还是愿意留下满满的希望。

最让人热泪盈眶的事情，不就是希望吗？

所以我原本打算好留在结尾的一句话也忍痛没有让它出现，如果没有脑海里这场充满希望的日出操纵了他们，而他们又操纵了我的手和键盘，那么你们看到的最后一句话本应该是："你我相逢在黑夜的海上，而明日，又隔天涯。"

可不知怎的，程燃握住了赵知著的手，赵知著没有挣脱反而和他十指交握。李向阳终于勇敢地面对自己，不再做影子里带着自卑的那个人。游桃桃始终是那颗温柔善良的水蜜桃，我不想给她设置任何波澜让她前往自己的梦想，秦天也开始真的长大。

而原本，除了主角那对 CP 是 HE，李向阳暗恋了游桃桃一辈子，他们从没有在一起过，连暧昧都只是李向阳一个人的故事。秦天的后续查无此人，他甚至一开始只是为了丰富人设推动剧情的一颗棋子。

他们大概是真的有生命的吧。

写下这句话的时候，我酸了很久的胸口和鼻子终于发酵出了眼里的小水珠，呵，矫情！

但我真诚地希望我笔下的每一个人都能好好地活着，好好地面对未来。当然书页前的你们也是，祝你也能和最想牵手的那个人，一起走向想去的未来。

我们下个故事见。

P.S. 也许不知道多少天后，我会放两个番外在微博里。但只是也许！也许！

大鱼文化 & 小花阅读
面向全国招聘兼职签约作者
长期有效哦！

公司介绍:

大鱼文化是中国一线青春文学图书策划公司，多年来与数十家国内出版社深度合作，每年向市场推出三百余个品种的青春类畅销图书，每年签约推出新人作者近百名。

其中公司子品牌"小花阅读"立足传统纸质出版，引导青年休闲阅读风向，主力打造和发掘新人创作者，采用编辑指导创作模式，创作出适合市场的优质阅读产品。

现面向全国各高校招聘兼职新作者。

我们的工作说明:

还未毕业？有其他正式工作？看清楚了，我们这次招的就是兼职！

从未有过发表史？国内一线青春编辑亲自教你点滴成文！

想要出版一本属于自己的图书？国内一线出版公司专业签约护航！

想要一份收入稳定岁月静好的兼职工作？做做白日梦写写小说最适合不过。

兼职的要求及待遇:

年龄不限，学历不限；爱看小说，想要创作。

每天只要 2~3 个小时，日过稿只要三千字，宅在室内，风雨不惊，月兼职收入不低于三千元！

我们需求的题材	清新恋爱，青春校园，都市言情，甜宠萌文，古风言情，悬疑推理，奇幻武侠，科幻冒险……

应聘的流程:

1. 上网下载一份标准简历模版，按自己的真实情况填写。

2. 自行构思一个自己最想创作的长篇故事内容，撰写三百字内容简介，将故事分为 12~20 个章节，每个章节用 100 字以内说明本节讲述的主要情节（内容简介和章节内容加起来不超过 2000 字）。

3. 将上述内容用 WORD 文档整理好，格式清楚，一起发送到以下邮箱: dayuxiaohua@sina.com （两周内百分之百回复，如两周内未收到回复则可视为发送途中邮件丢失，可再次投递）。

4. 简历和创作大纲如有合作可能，公司将于两周内派出专业编辑一对一联系，进行下一步沟通、指导创作、签约等流程。如暂时不符合合作条件，则可再次努力。

5. 一经签约，作品将按国家出版规定签订标准出版合同，成为正式出版物，所有程序遵守国家法律法规要求。

其他说明:

了解大鱼文化图书产品风格类型，有助于提高签约成功率。

了解途径:

公司产品广布于全国各大新华书店青春文学专架、全国各大网络书城、淘宝大鱼文化图书专营店及各大天猫书店

微信公众号"大鱼文学"和"大鱼小花阅读"均有签约作者作品试读。

关注新浪微博官方号"大鱼文学"，有每月产品即时消息发布。

图书在版编目（CIP）数据

初恋驾到么么哒 / 三师公和二缺著．-- 上海 ：上
海文化出版社，2020.6
ISBN 978-7-5535-1928-9

Ⅰ．①初… Ⅱ．①三… Ⅲ．①长篇小说－中国－当代
Ⅳ．① I247.5

中国版本图书馆 CIP 数据核字 (2020) 第 059909 号

责任编辑　蔡美凤
特约编辑　娄　薇
装帧设计　Insect　西　楼
封面绘制　池袋西瓜
印务监制　周仲智
责任校对　彭　佳

初恋驾到么么哒
三师公和二缺　著

出　　版　上海文化出版社
出　　品　上海故事会文化传媒有限公司
　　　　　（200020 上海市绍兴路 74 号 www.storychina.cn）
发　　行　长沙大鱼文化传媒有限公司发行中心
印　　刷　长沙鸿发印务实业有限公司
开　　本　880×1230　1/32　印　张　9.125
版　　次　2020 年 8 月第 1 版　印　次　2020 年 8 月第 1 次印刷
书　　号　ISBN 978-7-5535-1928-9/I.754
定　　价　36.80 元

 上海故事会文化传媒有限公司　出品(00954) www.storychina.cn

本书如有印装问题, 请与印刷厂联系调换。联系电话：0731-82755298